KB095024

천록궁도의 비밀

원대한 계획

천록궁도의 비밀

원대한 계획

이정휴

좋은땅

책 소개

이 소설은 전편『어떤 계획: 천록궁도의 비밀』에 이은 후속편이다. 이 책은 소설이라는 허구적 틀을 통해 우리가 당면한 시대적 문제들을 최적으로 해결하는 원대한 과정을 상상한다. 그 주요 당면문제들은 '핵무기 위협으로부터의 극복'과 '남북 분단의 극복'이다. 이 문제들을 극복하는 데 공통으로 꿰뚫고 지나가는 황금의 실은 바로 영체여행이라는 천록궁도의 영적 수련이다.

북한은 최근 우리의 머리 위에 핵무기를 겨냥함으로써 우리에게 위협을 느끼게 한다. 남한은 자체적으로 핵무기 개발을 할 수 있는 처지가 아니다. 그래서 다음과 같은 질문들이 제기된다. "우리는 북한의 핵무기 위협에 어떻게 맞서야 하는가?", "언제까지 미국에 의존해야 하는가?", 이런 상황에서 "남북 분단은 어떻게 극복될 수 있을까?"

이 책은 영적 수련을 거친 주요 등장인물들이 영적 능력으로 핵무기를 무력화하는 방법을 제시한다. 이는 핵심 문제를 이상적으로 해결하게 해준다. 이로써 남북은 서로 대립 갈등을 중단하고 분단을 종식하게 된다. 앞에는 점진적인 통일의 길이 쭉 펼쳐져 있다.

이제 진정한 과학자의 과제는 바로 소설이 제시하는 핵무기 무력화 방법을 실제로 찾아내는 일일 것이다. 개인적으로는 우리 각자 영체여행 수련을 과제로 삼을 수 있을 것이다. 그리고 이로부터 소설이 소개하는 '잘 죽기'라는 뜻의 웰다잉(well-dying)이 중요하게 도출된다.

머리에서

우리는 1945년 8월 15일 일제의 속박으로부터 타율적인 해방을 맞이하였다. 그러나 이것도 잠깐 나라는 미소가 남북을 각각 분할 점령하였고 내부 분열에 휩싸이며 결국 남북으로 분단되어 허리가 두 동강 나고 말았다. 이것도 부족하여 1950년 6월 25일 남북 간에 전쟁이 일어나 3년을 서로 싸웠다. 해방 후 그 격동적인 5년 동안 심한 이념대립의 갈등을 겪다가 씻을 수 없는 동족상잔의 피를 흘린 것이다. 어떻게 보면 6.25 전쟁은 미소 간의 대리전쟁을 한반도에서 치른 세계사적인 전쟁이었다. 그러나 전쟁이 끝난 지 70년이 되지만 아직 종전선언은 이루어지지 않고 있다. 우리 남한은 그 선언을 할 권한이 없다. 전시작전통제권도 없다. 더욱 북한이 최근 핵무기를 개발함으로써 남한은 그 위협에 직면해 있으나 자체적으로 핵무기 개발을 할 수도 없다. 이 모든 것은 미국의 수중에 있다. 그래서 우리는 자유의지를 상실당한 채 미국에 종속되어 있다. 이에 안보를 확보하기 위해 남한은 더욱 미국에 매달리게 되고 최근에는 일본에도 끌려다니는 신세가 되었다.

핵무기 시대의 삶은 비상한 의식의 확장과 성장을 요구한다. 우리는 아직도 우리 자신의 방식을 찾지 못하고 미국과 일본을 따르며 남북 분단이라는 낡은 구조를 심화하고 있다.

이 소설은 이러한 답답한 상황에서 주요 등장인물들이 영적인 힘을 통해 핵무기를 무력화하는 기술을 개발하여 그 위협에서 벗어나는 것을 보여준다. 보통 독을 쓰는 자는 그 해독제를 만들어 놓는다. 그러나 어리석은 인간은 너무나 무책임하게 해독제도 없는 핵무기라는 극강의 독을 만드는 불장난을 저지르고 말았다. 인류를 공멸의 위험 속에 빠뜨린 것이다.

그래서 소설은 과학자들에게 핵무기 무효화 기술을 실제로 개발하도록 촉구하고 있다. 이러한 맥락에서 또한 그들에게 화석연료나 원자로에 의존하여 에너지를 얻는 낡은 방식을 버리고 초저가로 무공해 전기를 생산할 수 있는 방식을 개발하도록 촉구한다. 이에 대해 물질주의적 과학이 아니라 영지주의적인 과학적 관점이 도움이 되리라고 본다.

이어 소설은 핵무기 무효화 기술로 현재의 남북한 분단상황을 극복할 수 있는 비전을 제시한다. 이제는 외세의 힘을 빌려 우리의 동족을 견제하는 자학적인 구조에서 벗어나 남북한이 장기적으로 통일을 이루는 길을 제시한다. 우리의 역사가 주는 교훈은 분명하다. 분열과 갈등은 불행에 이르고 통일과 화합은 평화에 이를 것이다.

우리 각자의 임무는 이세상이라는 배움터에 내려와 많은 것들을 배우고 다시 신이 거주하는 원래의 본향으로 돌아가는 것이다. 이를 위해 영적 수행을 한시도 게을리할 수 없다. 더 나아가 세상을 도와 평화를 유지하여 사람들이 다시 신에 이르는 귀환 길을 수월하게 해 주어야 한다. 여기에 영체여행을 통한 '잘 죽기'라는 웰다잉(well-dying) 기술이 우리 사회에서 주목받기를 기대한다.

본 소설에서 영계의 구조, 영체여행, 영적 진리, 잘 죽기 등을 소개하는데 몇 권의 책을 참고하였다. 주에 그 정보를 제공하였으나 인용 부분들을 일일이 다 열거하지는 못하였다. 초고를 읽고 유익한 평을 해 준 김완호 교수에게 감사를 드린다. 그리고 본 졸작을 선뜻 출판해 주신 좋은땅 출판사 관계자 여러분에게도 깊은 감사를 드린다.

등장인물

산: 본명은 이정산. 영어 이름은 제이슨(Jason). 미국 입양아로 서울에 사는 어머니를 찾고 고등학교를 서울에서 다님. 다시 미국에서 대학을 졸업함. 이후 서울의 한 대형 학원에서 영어를 가르침. 천록궁도인.

경찬: 본명은 서경찬. 한 중소 IT기업의 연구원이자 해외 담당 외판원. 고성능 CCTV 개발, 3D 홀로그램 영상 연구·제작 중.

혜설: 본명은 한혜설. 재미 교포. 영어 이름은 헤더(Heather). 산을 따라 서울에 와 같은 학원에서 영어를 가르침. 산의 영적 동료.

청화: 경찬과 같은 회사 연구원이며 그의 여자친구.

환: 영적 단체 천록궁도를 이끄는 궁주. 세속의 이름은 이선환. 지리산 남원 운봉 산중에 거주. 산의 영적 스승. 세상에는 잘 드러나지 않으며 조용히 자신의 영적 임무를 수행하고 있음. 외모는 50대로 보이나 실제로는 250세 정도임.

천일명: 전직 유명 언론사 기자. 현재 독립언론사 기자. 산의 친구.

연철: 전직 특수부 검사. 국내의 국제적 대기업 스타콘다 전자의 전직 정보요원. 현재 변호사.

한원: 조직 한원파의 수장. 한 중소기업 명예 회장.

조석: 한원의 회사 직원. 연철의 고등학교 동창.

그 외 다른 인물: 지리산 반야궁 궁주인 개운조사, 그의 보좌인인 대 총관, 경호대장인 김청의.

목차

책 소개 4
머리에서 6
등장인물 9

극비회동 12
전환 26
귀경길 39
광복절 45
반야궁 입궁 51
후속 입궁 66
영적 결사대 79
연개소문과 김춘추 85
반야궁 출궁 106
폐관 수련 114
감화소 145
인간사 176
잘 죽기 189
통일을 향하여 212
천록궁 여행 228
반야봉 단상 232

미주 236

극비회동

2027년 7월 15일 목요일.

7월 중순에 접어든 한여름 날이다. “아, 덥다!” 산, 혜설, 경찬, 청화, 일명, 한원, 조석, 연철 일행이 서울에서 승합차로 통일로를 따라 판문점을 향하여 가는 중이다. 조석이 운전대를 잡고 있다. 그의 옆에는 고등학교 동창인 연철이 앉아 있다. 뒤에 한원, 일명, 다음으로 산, 혜설, 그다음에 경찬과 청화가 차례로 자리를 잡았다. 조석이 운전 도중에 옆자리에 앉은 연철을 힐끗힐끗 쳐다보다가 그에게 괜히 시비를 건다.

“어이, 애송이! 그동안 잘 지냈어?”

조석은 고등학교 3학년 때 연철에게 학폭을 가해한 자였다. 사회에서 연철이 전직 검사이기는 하지만 조석의 머릿속에서는 그가 여전히 애송이로 각인되어 있다. 연철이 곱게 받아 줄 리 없다.

“그래, 새끼야! 잘 지내고 있다. 너 한 번 더 맛을 보고 싶냐?”

세월이 많이 흘렀지만 언젠가 연철이 부하를 시켜 조석에게 복수한 적이 있었다. 당시 이들과 함께 있었던 한원과 산도 서로 겨루며 한바탕 대결을 벌였다. 그 일을 기억에 떠올리니 조용히 다물고 있던 그들의 입꼬리가 슬며시 올라간다. 그때 한원이 연철의 부하를 패 주었는데, 그는 다시 산이라는 젊은 고수에게 패했다. 그가 패한 것은 산보다 나이가 더 많아 한창 젊었을 때보다는 실력이 덜했거나 아니면 산의 무술 실력이 워낙 출중한 탓이었을 것이다.

조석이 연철의 반격에 너스레를 떤다.

"아이고, 검사님! 사양할게요. 하하하하!" 일행도 함께 따라 웃는다.

"앞으로 잘해, 인마! 나 옛날의 연철이 아니란 말이야!"

"아이구, 알겠어유, 애송이님!" 일행이 다시 한번 크게 웃는다.

연철도 이미 옛날의 감정을 다 털어 냈다. 조석도 형처럼 따르는 한원을 따라 천록궁도의 길을 걸으면서 크게 깨닫고 연철에게 과거의 잘못을 진심으로 사과했다. 청화에게도 깊이 사과했다. 과거에 기술 탈취를 위해 그녀를 납치한 것은 사실이지만, 한원의 지시대로, 실제로는 조금도 위해를 가하지 않고 잘 대해 주었다. 다른 한편으로 세상사 겪다 보면 전화위복이 올 수도 있다. 연철이 조석을 원수로 삼아 복수심을 불태우며 이를 악물고 공부하여 일류대학교 법대에 들어가 결국 검사가 되었으니 말이다.

혜설과 청화가 좀 쉬었다 가자고 한다. 한원이 조석에게 전한다.

"석아, 휴게소 나오면 잠시 쉬자."

"네, 형님."

이윽고 일행이 승합차에서 내려 한 휴게소에서 바깥바람도 쐬고 간식거리도 기웃거려 보며 잠시 쉰다. 하늘에는 하얀 뭉게구름들이 조각을 이루어 유유히 떠 있다. 그러나 바람 한 점 불지 않아 무덥기 짝이 없다. 오후의 열기에 곧 얼굴이며 등이며 땀이 줄줄 흐른다.

이윽고 차가 다시 통일로를 달린다. 한원이 조용한 분위기를 깬다.

"내가 전에 여기서 가까운 문산에서 군복무를 했지."

"그래요? 병과는요?"

"보병이었어."

"고생 많이 하셨네요. 전 연천에서 포병으로 복무했어요." 일명이 말한다.

"음, 훈련 나가면 보병은 밤새 걷는데 포병은 차를 타고 다녔지. 무척 부러웠어."

"하하하, 저희도 차를 타고 가면서 보병들을 보면 좀 불쌍하게 여겼죠."

"그래서 인생은 줄서기라는 거야."

"하하하!"

그러고 보니 일행 모두 천록궁도(天摝宮道)라는 행로에 안착하여 올바른 길을 가고 있다.

이런저런 이야기를 하면서 일행은 이윽고 판문점견학안내소를 앞에 가까이 두고 어느 길모퉁이에 도달한다. 갑자기 뒤에서 검은 승용차 한 대가 신속하게 따라와 접근하더니 정차하라는 신호를 보낸다. 산이 조석에게 미리 귀띔해 준 지점이다. 승합차가 길가에 멈추자마자 산과 경찬이 튀어 나가 뒤의 승용차에 재빨리 옮겨 탄다. 김 의원이 조수석에 앉아 있다.

"어서들 오게!" 그가 짧게 인사말을 건넨다. 오늘은 색안경을 끼고 있다.

"네."

그가 산과 경찬을 데리고 판문점을 향해 어디론가 사라진다.

산과 경찬은 오늘의 막중한 임무를 인식하고 조용히 눈을 감고 내면으로 침잠한다. 그들이 합작하여 개발한 신기술로 영계의 아카식 기록을 공개하면서 각종 비리를 폭로한 것이 기폭제가 되어, 대통령은 결국 퇴진하고 뒤이은 대통령 선거에서 유력했던 야당의 임 후보가 새 대통령으로 당선되었다. 벌써 4년 전의 일이다. 당시에 산 일행과 긴밀히 접촉했던 김 의

원은 대통령의 수석 비서관이 되었다.

남은 일행은 예약해 놓은 대로 다시 판문점견학안내소 주차장에서 제공하는 셔틀버스를 타고 판문점에 입장하였다. 그들은 얼마 남지 않은 관람 시간 동안 서둘러 곳곳을 견학하고 요소요소의 지리와 건물들의 배치를 머릿속에 인식시켜 저장하였다. 무슨 목적일까?

일몰 이후 산과 경찬은 자신들이 군사분계선을 넘어 북측의 한 작은 회의실에 있다는 것을 알았다. 회의실은 불빛이 희미했으며 창문은 모두 커튼으로 가려져 불빛이 새어 나가지 않았다. 남측에서는 임 대통령과 김 비서관, 그리고 북측에서는 김정완과 그의 여동생 김효정이 각각 탁자의 남쪽과 북쪽에 자리하고 앉았다. 김정완이 일동에게 권한다.

"자, 먼저 저녁 식사를 간단히 하시지요. 조촐하게 준비한 것이니 양해해 주십시오."

"하하하! 맛있게 보입니다."

남북은 본격적인 대화를 나누기 전에 서로 가벼운 일상사를 이야기하며 때로는 서로 의례적인 덕담을 나누면서 긴장된 분위기를 완화하고 있었다.

"아, 남쪽에서 정치적으로 수난을 많이 겪으면서 얼마나 고생하셨습네까?"

"하하하! 네, 참 많이 힘들었습니다." 임 대통령의 머리칼이 하얗게 변하고 이마에 주름살들이 늘어났다.

“아, 이제 힘든 고비를 지나셨으니 앞으로 좋은 일만 가득하시기를 빕니다.”

“네, 감사합니다. 참, 텔레비전에서 보니 위원장님 따님이 참 예뻐 보였습니다.”

“하하하! 이쁘게 봐 주시니 감사합네다. 아주 똘똘합네다.”

일행이 모두 함께 웃는다. 김효정도 주근깨 얼굴을 하고 입을 삐쭉이며 웃는다.

밖에서는 양측의 소수 정예 경호원들이 은폐 상태에서 긴장을 늦추지 않고 경계 태세를 취하고 있다. 승합차 일행도 판문점견학안내소 근처에 주차하고 차 안에서 유체이탈을 하여 더 높은 곳에서 360도 각도로 사방을 감시하고 있다. 만일의 사태에 대비하여 즉시 보호 작전을 펼칠 수 있도록 경계를 늦추지 않고 있다.

어둠이 서서히 짙어 오자 회의장에서 경찬이 핵무기 무력화 기술에 대하여 브리핑한다.

“이 기술은 핵무기의 폭발 장치를 무력하게 만듭니다. 이는 핵탄두를 나르는 미사일에도 적용됩니다. 미사일 발사 추진 장치가 해제되고 폭탄의 폭발 장치가 무력하게 됩니다.” 경천동지할 내용이다. “그리고 이 내용은 철저히 극비에 부쳐야 합니다."

부근 어딘가에서는 일행의 스승인 환이 몸소 대기하며 극비회담의 성사를 위해서 눈에 보이지 않게 회담장을 경호한다. 미국, 중국, 러시아, 일본 등 외부에서 원격으로 심령술사들이 침투하여 비밀을 염탐하지 못하도록 전자기 결계를 쳐 철통 방어를 하고 있다. 이 나라들이 이 기술의 존재를 알게 되면 어떤 소용돌이가 휘몰아칠지 아무도 예측할 수 없다.

북한의 김씨 정권은 해방 이후 오랜 세월 동안 3대를 이어 왔다. 그러면서 체제 유지를 위해 핵무기를 지렛대로 이용하여 미국과 무력으로 거의 대등하게 맞서 왔다. 그러나 문제의 기술이 출현하여 김정완은 아연실색할 수밖에 없었다. 그동안 무모하게 인민들에게 안겨 준 고통을 생각하니 한순간 무력감이 몰려왔다. 그래서 이 기술이 정말인지 검증하지 않을 수 없었다.

***

이 극비회동을 마련하기 위해 남북 양측 간에 대리인들의 사전 만남이 있었다. 북한은 이 기술의 개발이 미칠 파장을 여러모로 고려하고 일단 핵실험을 통하여 한번 검증해 보아야 한다고 생각했다. 김정완은 어차피 해 보아야 할 실험이었는데 이번에 감행해 보자고 판단했다. 풍산리, 감곡리, 진사리에 있는 땅굴 실험장 중 한 군데를 마지막 시점에서 선택할 것이다. 그리고 회저리와 영중리에 있는 미사일 발사대에도 동해를 향하여 미사일을 장착해 놓았다.

산이 김정완에게 말한다.

"저희가 준비되는 대로 알려 드릴 테니 그 이후 실험을 진행해 주십시오."

"알갔소."

여기에 오기 전 새벽까지 산, 혜설, 경찬, 청화는 원격투시로 각 장소를 특정하여 지도에 좌표를 표시해 놓았다. 실험 직전 산과 경찬은 회담장에 딸린 대기실에서 조용히 의자에 앉아 외부의 방해를 받지 않고 다시 한번 각 위치를 원격투시로 재확인하였다. 이제 그들은 근처에서 대기하고 있는 혜설, 청화와 영체로 합세하여 신속하게 각 위치에 있는 핵무기의 폭발 장치를 와해시켜 무력하게 만들고 미사일들도 추진되지 못하도록 발사 장치를 와해시켜 놓았다.

"준비되었습니다." 산이 말한다.

이에 김정완이 반신반의하면서 무선으로 핵무기 실험 명령을 내렸다. 결과는 우려한 바대로 불발이었다. 연이어 미사일도 발사 명령을 내렸지만 어쩐 일인지 발사대를 벗어나지도 못했다. 김정완이 충격에 휩싸이며 긴 한숨을 내쉬었다. 그의 얼굴에 한순간 고뇌에 찬 어두운 그늘이 드리워진다. 이윽고 그가 고개를 돌려 눈을 동그랗게 떠 산을 바라보더니 묻는다.

"나래 믿어지지 않소만 미국이나 중국의 핵무기도 그렇게 할 수 있소?"

"그렇습니다." 산이 조심스럽게 말한다.

"놀랍구먼!"

"네! 하지만 와해한 부분은 시간을 두고 복구할 수 있겠습니다."

"하하하! 그리하면 나래 남한은 절대 겨냥하지 않갔소."

"하하하!" 일동이 큰 소리로 웃는다.

"여기 저의 동료는 세슘, 삼중수소와 같은 방사능 성분도 중화시키는 방법을 알아냈습니다." 산이 경찬을 가리킨다.

이에 모두가 놀란다.

"그럼 핵실험장이나 원자로 주변의 방사능 오염도 해소할 수 있다는 말인가요?"

"그렇습니다." 경찬이 대답한다.

"……!!!"

김정완은 이 회동을 하기 전에 두 가지 경우의 수를 놓고 이에 대한 대책을 모색해 왔다. 청와대 대통령실 김 비서관이 사전에 비밀 통로를 이용하여 이들에게 전언을 전달했다. 요지는 다음과 같다.

> "남한의 과학자가 핵무기를 무력하게 만드는 기술을 개발하였다. 냉정하게 판단해 볼 때 북한은 앞으로 핵무기를 지렛대로 사용하여 미국에 대항하지 못하게 되었다. 이제 남한에 대해서도 핵무력적으로 적대시할 수 없다. 이에 이른 시일 안에 남북이 함께 모여 이 기술의 효력을 실제 실험을 통하여 검증해 보기를 제안한다. 우리는 이 기술을 타국에 절대 비밀에 부치고 나아가 이를 무기로 그들의 간섭을 배제하고 분단된 한민족이 서로 자주적으로 진정한 화합과 번영에 이를 수 있는 길을 모색하기를 간곡히 바란다."

김정완이 정신을 차린 듯 여동생 김효정을 가까이 불러 낮은 목소리로 속삭이며 말을 주고받는다.

"어찌하면 좋갔나?"

"그래도 중·러보다는 남한이 더 낫지 않갔습네까?"

김정완이 이미 내린 결정을 김효정이 예감하고 지지해 준다. 그가 대화를 끝내고 고개를 들어 멀리 천장을 응시하다 이윽고 뭔가 결심한 듯 천천히 고개를 끄덕인다. 이번 실험 결과가 자기들에게 불리하게 나오더라도 남측에서 미리 상호 공생과 존중의 의지를 확실히 표명해 준 것을 상기한다.

잠시 후 김정완이 임 대통령을 바라보며 말한다.

"무엇보다 남북이 하나의 민족임을 자각하고 이제는 외세에 의존하지 않고 함께 번영을 도모하는 것만이 앞으로 나아갈 길이 아니갔습네까?"

얼마 전까지 전 정부의 적대적인 대북정책으로 한·미·일과 북·중·러 간의 대결구조가 가시적으로 현실화하려는 참이었다.

"그럼 제안하신 수뇌부 회담을 진행하시지요!"

"그러시지요!"

밖에서 대기하고 있던 양측 핵심 참모들이 곧바로 들어와 서로 마주 보며 자리를 잡고 앉았다. 남측에서는 통일부 장관과 국방부 장관, 북측에서는 이 지위에 상응하는 간부들이 가담했다. 이에 남북 당국자들이 앞으로 어떤 방향을 모색해야 할지 흉금을 털어놓고 대화하게 되었다.

"김 위원장님, 이제는 우리가 하루속히 종전선언을 해야 하지 않을까요?"

"그렇습네다. 주변의 강대국들 눈치만 보며 마냥 휘둘리다 보면 어느 세월에 우리 민족이 하나가 되갔습니까?"

"네, 1953년 전쟁이 끝난 지 70년이 지났는데도 아직 종전이 안 된 곳이 이 지구상에 우리 한반도 말고 어디 있겠습니까? 그동안 오랜 세월이 흘러 서로 다름도 인정하고 앞으로 서서히 가까워지도록 노력하는 것이 갈 길이 아니겠습니까?"

"네, 그러다 보면 언젠가 통일도 쉬이 오게 되갔지요."

"그렇습니다."

모두가 화기애애한 분위기 속에서 오늘은 큰 그림을 그리고 더 가다듬어 다음 달 8.15 광복절에 남북공동합의서를 서로 발표하기로 한다.

오늘의 1차 합의서에 남북 양 수뇌들이 친필 서명을 하고 나니 거의 밤 11시가 다 되었다. 일동은 피곤한 줄도 모르고 마음속 깊은 곳에서 감정이 벅차올랐다. 오늘을 위해 대통령실의 김 비서관을 비롯한 몇 명의 핵심 요원들이 심혈을 기울여 왔고 비밀리에 남북을 왕래한 것만도 여러 차례가 되었다. 오고 갔던 고행길 끝에 얻은 남북 협력의 '원대한 계획'을 구상할 것을 생각하니 가슴이 뭉클했다.

마침내 남북 두 정상이 역사적 결단을 내려 한민족이 웅비할 새로운 이정표를 세우게 된 것이다.

* * *

1945년 8월 15일 해방 이후 북한은 김씨 일가가 3대를 세습하며 고난의 행진을 이어 왔는데 언제까지 시대의 흐름에 역행할 수는 없었을 것이다. 체제 유지를 위하여 인민을 굶주리게 하며 핵무기를 개발하여 미국에 대항하고 버텨 왔는데, 이제는 거의 막다른 골목에 다다른 상황이었다. 다시 무언가 돌파구를 찾아야만 했다. 그러나 믿었던 핵무기가 무용지물이 된다면 믿을 곳은 어쩌니 저쩌니 해도 같은 민족인 남한밖에 없을 것이다.

8.15 이후 남한의 정치 상황은 그야말로 혼돈의 장이었다. 친일파 청산이 제대로 이루어지지 않아 일제에 부역했던 세력들이 도로 기득권이 되었다. 이들이 독재정권과 결탁을 하여 권력을 이어 나가면서 반공을 이념으로 삼아 남북 간의 분단 체제가 더욱 굳어졌다. 안보를 체제 유지에 악용하기도 하였다. 그래서 남과 북은 적대적인 공생관계를 맺은 것으로 보이기도 했다. 세월이 흐르면서 기득권 수구세력과 민주화를 열망하는 세력이 치열하게 쟁투를 벌이며 오늘에 이르렀다. 그동안 열세에 놓여왔던 민주 세력이 지난번 대통령 퇴진 이후 정권을 쟁취하게 되었다.

임 대통령은 그동안 파란만장한 정치 역경을 헤치고 나와 천신만고 끝에 대통령에 당선되었다. 산과 경찬이 일조를 했고, 혜설과 청화도 그의 누명을 벗기기 위해 힘을 보탰다. 이전 대통령의 수많은 실정으로 인한 폐해들을 바로잡으면서 나라를 원상복구하고 있는 중이다. 다방면으로 국가 체제를 정비하고 개혁을 단행하여 나라는 다시 상승곡선을 그리고 있다.

그러나 정치인의 길이 그렇듯 권력의 정점에 오른 임 대통령은 정적들에게 자신의 많은 부분을 떼어내 주어야 했다. 정적들에게 입은 상처들로 피투성이가 되었으며, 여기에 형제들을 떼어내야 했고, 부인을 떼어내야 했고, 또 자식들까지 떼어내야 하는 비정한 삶을 이끌어야 했다. 지금 고지에 홀로 서서 외롭기 그지없을 것이다. 그를 지지하는 국민은 지치도록 투쟁했고 다시 온 국민은 그의 희생을 먹고 살아가고 있다.

* * *

2024년 1월 말 헌법재판소에서 의회의 대통령 탄핵 소추안 가결에 대한 최종 인용 여부를 결정하는 날이다. 그러나 국민의 탄핵에 대한 열망을 뒤로한 채 아쉽게 5대 4로 기각되고 말았다. 일각에서 우려한 바대로 헌재 위원들의 성향상 기각으로 저울추가 기운 것이다. 차가운 겨울, 이로 인해 사방은 찬물을 끼얹은 듯 살얼음 막이 덮였다. 국민의 마음은 더욱 더 오그라들어 몸이 덜덜 떨렸다. 실망과 분노의 씨앗이 냉동되어 마음 속 깊숙이 저장되었다. 그러나 머지않아 봄이 오면서 이 씨앗은 서서히 해동되기 시작하였다. 그동안 정부 여당은 여전히 무지, 무능력, 무책임을 일삼았고, 여당은 4월 20일 총선을 앞두고 공천 문제로 인하여 예상대로 분열하여 결국 분당하고 말았다. 마침내 야당이 총선에서 큰 승리를 거두었고 여당은 소수당으로 전락하고 말았다. 이러한 정치적 분위기에서 해동된 씨앗이 그 봄의 기운을 받아 땅을 뚫고 솟아올라 급속하게 자라기 시작하였다. 다시 그동안 누적된 대통령의 실정에 대하여 책임을 묻는 국민의 요구가 드세게 일어났다. 계속되는 국민의 퇴진 요구 함성이 온종일 대통령실을 둘러싸고 울렸다. 이에 정부와 여당은 손발이 마비되어 더 이상 움직일 수 없게 되었다. 하는 수 없이 겁에 질린 대통령을 내쫓을 수밖에 없었다. 그의 부인이 그 뒤를 따라 초라하게 종종걸음을 뗀다. 어디로 가야 할지 그들도 짐작은 하고 있을 것이다. 저 앞에 감옥의 문이 활짝 열려 있는 것이 보인다.

전환

늦은 밤 승합차는 이제 일명이 운전하고 있다. 자정에 이르러서 일행은 파주시의 한 호텔에 투숙했다. 이 호텔에 있다는 것을 알려 주었으니 산과 경찬은 누군가가 이곳에 데려다줄 것이다. 각 방에서 취침하기 전에 일행은 한원의 안내에 따라 호텔 1층의 작은 세미나실에 모여 묵상의 시간을 가진다. 5분여 동안의 휴 소리의 진동이 잔잔하게 잦아들자 각자 마음속으로 오늘의 임무 수행을 복기해 보고 앞으로의 영적 임무에 대해서도 마음을 다진다.

다음 날 아침 일찍 호텔 1층에서 산과 경찬이 간편 조식을 먹고 있었다. 다른 일행도 하나둘 차례로 요기를 하기 위해 1층에 내려왔다. 혜설과 청화는 모닝커피를 마실 셈이다. 그들은 산과 경찬의 테이블에 합석하고 다른 일행은 그의 주변에 자리를 잡았다.

“언제 들어왔어?”

“응, 새벽 한 시쯤.”

다들 상황이 어떠했을지 짐작하고 입을 다물어 주었다. 경찬이 조금 덧붙인다.

"김 의원님, 지금은 김 비서관이지, 그분과 좀 더 얘기할 것이 있었어요."

"참, 스승님이 잠깐 들르시겠대. 직접 얼굴 한번 보시겠다고. 곧 오실 것 같아요." 산이 귀띔한다.

스승님이 직접 출타를 하신 것을 보면 이번 남북 두 수뇌의 비밀 회동이 매우 중요한 일임이 분명하다. 그러나 산 일행을 제외하고는 아무도 그의 출동을 아는 자는 없다. 그가 하는 일은 짐작할 수도 없고 또 그러한 일을 드러내고 한 적도 없다. 이번 회동이 우주의 대도인이 관여할 만한 세상사인지는 모르겠지만 제자들이 연루된 것인 만큼 이들을 돌보기 위하여 홀연히 나타나신 것일까? 물질적 현상계에 제한되어 사시지만 아마 제자들을 위하여 이러한 부정적인 일을 감수하시는 것일 것이다.

* * *

호텔의 1층 작은 세미나실의 긴 탁자 양쪽에 일행이 앉아 있고 입구 쪽의 좁은 면에 환이 앉아 있다. 일동은 눈을 감고 한 5분 정도 의식을 집중하며 휴를 부르고 내면으로 고요하게 침잠해 들어갔다. 잠시 적막한 우주 공간에서 빛과 소리에 젖어 있다 눈을 천천히 떴다. 스승의 얼굴이 앞에 환하게 보인다. 볼 수 있는 사람은 그의 머리 뒤에서 빛나는 후광을 볼 것이다. 환이 일동을 지긋이 바라보며 각자에게 무한한 사랑을 보낸다. 그가 조용한 목소리로 천천히 입을 뗀다.

"원자폭탄은 인류의 절멸을 부른다. 핵무기 시대의 삶은 비상한 의식의 확장과 성장을 요구한다. 인간은 아직도 자신의 방식을 조정하지 않고 개혁을 이루지 못하고 있다. 도덕적으로 성숙하지 못하여 여전히 불량한 젊은이처럼 행동하고 있다. 이 가공할 만한 무기를 오만하게 내세우며 겁을 주며 힘자랑을 하고 있다.

"북한은 미국의 제재에도 불구하고 굶주림을 참아 가며 끝내 핵무기를 개발하였다. 이 핵무기가 위험한 것은, 어떻게 보면, 그 파괴력이라기보다는 북한의 독재자가 이 무기를 우리의 머리 위에 겨냥함으로써 바로 우리에게 가하는 위협이다. 이것은 끔찍한 선전(propaganda)이며 우리를 절망적인 상태에 빠뜨린다.

"북한의 핵무기 위협 속에서 남한 사람들은 공포 분위기에서 삶을 이어 나가야 한다. 그런데 남한은 미국의 허락 없이는 자체적인 핵무기 개발을 할 수 없다. 만약 그런 시도를 한다면 북한처럼 국제적으로 고립되는 신세를 면치 못할 것이다. 하여 북한과의 군사적 대립 관계가 유지되는 한 남한은 안보에 있어서 미국에 의존하는 종속국이 될 수밖에 없다. 그리고 남한이 현재 군사적으로 상당한 강국이 되었다지만 전시작전통제권은 여전히 미국의 손아귀에 있다.

"한때 남한은 북한의 핵무기 위협에 유화적인 태도로 평화적인 분위를 조성해 보기도 했다. 그러나 그것도 무기력한 방어체제일 뿐 평화를 보장하기 위해 우리의 자유의지를 저당하고 미국에 의존할 수밖에 없었다.

"우리는 북한의 핵무기 위협에 맞서 어떻게 할 것인가? 먼저 무엇보다 중요한 것은 여러 사회 집단, 대중들의 태도와 의지라고 생각한다. 이들의 의견은 투표나 찬반 시위를 통하여 표출된다. 그래서 어떤 기제가 여론에 영향을 미쳐 불순한 결과를 유도해 내는지 잘 파악할 필요가 있다. 어떤 정치지도자와 당파가 국민의 마음속에 불화, 두려움, 의심, 절망의 씨앗을 심고 있는지 잘 알아야 한다. 어떤 정치지도자와 당파가 국민의 도덕심을 해체하고 그들의 용기와 의지를 마비시켜 소란과 혼란을 일으키는지 잘 알아야 한다. 그런 정치지도자와 당파를 선출하게 되면 비극적으로 결국 전쟁 유발을 촉진하게 될지도 모른다. 그들의 거짓 선전은 제지되어야 한다. 이에 국민이 모두 영적 혜안을 길러야 할 것이다.

"오래전 1980년대 초 중동의 전쟁지역에서 명상이 얼마나 평화 유지에 도움을 줄 수 있는지 실험을 한 적이 있다고 한다. 이스라엘과 레바논과의 전쟁이었는데 그 명상 기법은 인도의 요기 마하리쉬의 초월명상(TM)이라고 한다. 실험 참가자들이 특정한 날, 특정한 시간에 중동 각지에 배치되어 각자 명상을 통하여 평화로운 상태에 잠겨 있는 동안 테러율, 범죄율, 응급실 이용률이 눈에 띄게 감소했다는 것이다. 흥미롭게도 이를 공식으로 발표하였는데, 집단의식의 변화를 일으키는 최소 인원은 총구성원의 1%의 제곱근이라는 것이다. 예를 들면, 인구 100만 명에 대하여 최소 100명이 있으면 그러한 변화를 가져올 수 있다는 것이다.[1] 우리 천록궁도의 영적 영향력은 이보다 훨씬 더 크다.

"사람들은 세상의 전쟁, 지진, 화재, 홍수 등과 같은 재난들이 그들의 부정적인 의식의 작용으로 인하여 일어날 수 있다는 것을 깨달아야 한다.

우리의 영적 수행이 다른 사람들의 생각에 긍정적인 영향을 끼칠 수 있다는 것을 가슴 깊이 새겨야 한다.

"이번 남북 비밀 회동은 자네들의 영적인 힘의 발휘에 힘입어 남북 간의 평화를 갈망하는 우리의 훌륭한 정치지도자가 적극적으로 임해 성사시킨 역사적인 사건이다. 이 특정한 시기에 자네들은 영성인으로서 우리 사회의 부정적인 흐름을 순화시켜 사회가 안정적이고 평화로운 상태를 유지하도록 한시도 게을리해서는 안 된다. 늘 자신을 그런 상태로 유지하여야 할 것이다. 그리하여 우리 주위에 항상 선의, 사랑, 조화, 평화가 깃들게 하여야 한다. 우리가 늘 신의 이름인 휴를 부르는 이유이기도 하다.

"그리고 자네들은 이번 극비회동에 대하여 절대 비밀을 유지할 책임이 있다. 생각만으로도 타국 군사작전부의 심령술사들에게 유출될 가능성이 있으니 철저히 통제하여야 할 것이다. 이번 판문점 회동에도 미약한 정도의 일상적인 원격투시 침투가 있었는데 워낙 극비에 이루어졌기 때문에 그것을 차단하는 것은 그다지 어렵지 않았다. 이 비밀이 새어 나가지 않도록 지금 이 호텔 주위에는 전자기 결계를 두텁게 쳐 놓았다. 자네들도 일상에서 각자 신성한 힘으로 결계를 치고 잘 방어해야 할 것이다.

"사실 미·중·러의 핵무기를 전적으로 무력화한다는 것은 쉽지 않을지도 모른다. 그들의 심령적 방어체계도 강력하기 때문이다. 이번에 자신감을 내세운 것은 우리 기술이 사상 처음으로 시행되고 또 김정완과의 협약을 조금 순조롭게 하기 위한 것도 있었다. 그렇다고 타국의 핵무기 무력화가 전적으로 불가능하다는 것은 아니니, 우리의 기술을 비밀리에 잘 유지하고 북한의 핵무기를 미·중·러에 대하여 방어적으로 때로는 위협적으로 잘 활용할 수 있도록 해야 할 것이다."

***

"자네들은 오늘 판문점을 방문했는데 무슨 생각을 했는가?

"1945년 해방 후 남과 북은 각기 미국과 소련에 의해 분리 지배당했으며, 또 양쪽의 지도자들은 서로 지속적인 반목을 일삼았다. 이후 좌우 이념 갈등 등의 우여곡절 끝에 1950년 6월 25일에 전쟁이 일어났다. 이에 제2차 세계대전 이후 다시 세계의 여러 나라에서 군인들이 남북으로 나뉘어 참전하여 3년을 서로 피와 땀을 흘리며 싸웠다.

"이 터무니없는 전쟁은 어떻게 발발했을까? 제2차 세계대전이 끝나고 강대국들은 대전 중 미처 소진하지 못하고 남긴 무기와 군수물자를 소비해야 했다. 다른 한편으로 군산복합체 세력은 이 전쟁물자들을 계속 생산해야만 존속할 수 있다. 결국 군산복합체 세력이 배후에서 정치세력을 조종하여 당시 한반도에서의 남과 북 사이의 이념대립을 이용하여 그 비극적인 전쟁을 일으킨 것이다. 당시 미국의 애치슨 방어선의 후퇴나 소련의 국제연합 안보리에서의 거부권 행사 포기 등은 이들의 음모를 더욱 의심하게 만든다. 소련의 공군 전투기가 이 전쟁에 참여하니 미 공군이 이에 맞섰다는 것도 공공연한 비밀이다.

"이 와중에서 패전국 일본은 독일처럼 분단되었어야 마땅하지만 정작 분단은 한반도에서 일어났고 오히려 한반도 전쟁을 통하여 군수산업이 부흥하여 폐허에서 부활했다. 참으로 통탄할 일이다. 미국은 소련과 중공에 대적하기 위하여 전범국인 일본을 다시 일으켜 세워 전방의 졸개로 쓰려는 셈이었다. 이러한 역주행은 지금도 되풀이되고 있다. 한·미·일 공조를 내세워 우리를 일본에 종속시키려 하지 않았는가?

"당시 중공은 미·소와의 경쟁 관계 속에서 수많은 조선인 병사를 인해전술이라 알려진 작전에 투입하여 죽게 하였고, 당시 이 전쟁으로 세계의 이목이 한반도에 집중된 틈을 타 티베트를 점령하고 우리와 친연성이 깊은 그곳 사람들을 수없이 무참하게 살육하였다.

"6.25 전쟁 동안 우리는 남북으로 나뉘어 동족상잔이라는 참담한 비극을 치렀다. 이외에도 세계 여러 나라에서 군인들이 달려와 피땀을 흘리며 싸웠다. 참전한 군인들은 그저 장기판의 졸에 불과했다. 무자비한 총포탄의 발사로 인한 인명 피해와 자연 파괴를 어찌 잊을 수 있겠는가! 또한 전국 방방곡곡의 전쟁터 위에서 낙엽처럼 휩쓸리던 민간인은 무엇이란 말인가! 정부 군경에 의해서, 북한군이나 빨치산에 의해서, 그리고 미군에 의해서 학살당한 민간인 수가 전사한 군인들 수보다 더 많았다.

"당시 그렇게 한에 맺힌 업은 이제 우리나라가 통일됨으로써 비로소 풀리게 될 것이다. 그러기 위해서 남북 간의 이념대립은 이제 더 큰 대의를 위해 종식되어야 할 것이다. 비록 피를 나눈 형제가 한때 서로 싸웠다 해도 다른 사람이 형제 중 한 사람을 때린다면 형제가 다시 합심하여 그에 맞서는 것이 인지상정이 아닐까! 만일 북한이 일본과 전쟁을 한다면 남한은 어느 편을 들 것인가?

“이전에 세계에서 한반도로 모였으니 다시 이곳에서 세계로 나아갈 것이다. 우주 역사의 관점에서 보면 그 아득하게 오래전 우리의 환국으로 다시 한번 수렴하게 되는 것이다.”

***

“영국에서 시작된 산업혁명으로 물질적인 힘을 얻은 서구 문명은 야만적인 괴물들을 낳았다. 영국을 비롯하여 스페인, 프랑스, 독일 등 유럽의 제국주의 나라들이다. 이 괴물들은 유럽에서 자양분이 고갈되자 눈을 돌려 다른 대륙으로 진출하였다. 북·남미에서는 수많은 원주민을 살해하며 자원을 수탈하고 결국 그들의 땅을 차지하였다. 북미의 원주민들은 그들이 누볐던 그 광활한 땅에 비하면 지금은 한 점도 되지 않는 보호구역에 제한되어 구차한 삶을 이어 가고 있다. 호주의 원주민도 그 넓은 땅을 다 내주고 거의 절멸하여 비슷한 처지에 있다. 아프리카에서도 자원을 수탈하고 수많은 사람을 학살하였다. 더욱 그 열강들은 아프리카 각국의 국경을 정한다고 책상 위에 지도를 펼쳐 놓고 함부로 곳곳에 잣대를 대어 임의대로 심지어는 직선을 그어 정했다. 동남아시아 여러 나라들, 인도 및 청에서도 자원을 수탈하고 수많은 사람을 죽였다. 영국은 중국에서 패악적으로 아편까지 팔아 가며 부를 축적하지 않았던가.

“너무 서양 제국들의 부정적인 면만 말했는가? 그러나 이면도 항상 살펴보아야 진상을 파악할 수 있다. 그동안 이들의 어두운 야만의 모습들은 눈부신 물질적 성장과 이로 인한 화려한 문화적 치장으로 포장되었다. 마치 독버섯의 아름다움이라 할까. 하지만 하부우주의 법칙에 따라 이제 서구 문명도 점차 쇠락하기 시작했다. 그 지은 업들이 이를 말해 준다. 그들은 인간과 자연에 너무나 오만했다.

"문화국이라 자처하는 유럽 여러 나라의 박물관들을 가 보라. 그들의 소장품 중에는 이집트나 중앙아시아를 비롯하여 세계 각 곳에서 강탈해 온 문화재들로 그득하다. 우리나라의 직지도 프랑스 박물관에서 발견되지 않았던가. 무엇보다 한 가지 반드시 밝혀야 할 것은 왜 서양의 몇 나라들이 우리의 고대 역사에 대한 기록들을 박물관에 깊숙이 숨겨 놓고 내놓지 않는가 하는 것이다. 앞으로 반드시 찾아와야 할 것이다.

"한반도는 어떠한가? 개화기에 여러 마리의 동서양의 식인 물고기들이 이 신성한 곳을 얼마나 물어뜯었던가. 결국 일본에 먹혀 35년여를 그 캄캄한 내장 속에서 지내야 했다. 불행하게도 지금의 주변 국제정세 속의 우리 현실도 예전과 별반 다를 바 없다.

"서구인들이 산업혁명 이래 나름의 수준 높은 현대 물질문명을 발전시켰지만, 이 문명을 움직이게 하는 그 주된 동력은 화석연료나 핵연료로부터 얻고 있다. 그러나 지나친 화석연료 사용으로 대기를 오염시켜 결국 온실효과로 인한 기후변화 문제를 초래하고 말았다. 방사능 오염 문제는 아직 대책이 없다. 기후변화를 막는 방법을 알고는 있으나 현재의 여건상 당장 조치하기는 쉽지 않다. 그래서 지구 온난화에 따른 생태계 변화는 불가피할 것이다.

"이제 21세기 중반을 전후하여 그동안 핵실험 등으로 약화한 지구의 기반 구조가 흐트러지고 이에 의한 지진이나 화산폭발로 인하여 지구 곳곳이 가라앉아 피해를 받기 시작할 것이다. 결국 이런저런 이유로 인하여 곳곳이 침수될 것이다. 여러 부분의 북미 대륙과 일본이 그 불행한 예가 될 것이고, 중국의 동해안과 일부 유럽을 비롯하여 아시아와 아프리카의 해안들도 안심할 수 없을 것이다. 또한 각종 원인으로 육지와 바다가 오염되어 환경 재앙이 일어나고 있다. 일본의 후쿠시마 원전 방사능 오염수 방출은 그러한 한 요인이다.

"다음 역사의 주 무대는 어디일까? 현상계를 위시하여 성광계, 인과계, 심식계, 잠의계로 구성된 하부우주 세계도 장구한 세월을 통하여 순환하는 500만 년에서 600만 년 사이의 큰 주기가 있는데, 이는 우주의 춘하추동 또는 금은동철의 시기로 불리는 시대로 분리되어 있다. 인류는 지금 이 순환주기의 마지막 동절기 또는 철의 시기에 살고 있다. 네 절기 중 가장 힘든 시기를 보내고 있다.

"이와 유사하게 지구상의 주요 4대 인종들의 흥망성쇠에도 주기가 있다. 홍인종, 흑인종, 백인종의 시대를 거쳐 이제는 황인종의 시대가 도래하였다. 고금의 도인들이 이를 두고 황백전환이라 했던가. 그래서 동아시아에서 한국이 주도적인 역할을 할 것이다. 일본이 한국과 중국, 동남아시아 등지에 진출하여 저지른 수많은 살상 및 만행들, 중국 공산당이 자국 및 티베트, 신장 지역 등에서 저지른 수많은 살상 및 만행들은 반드시 그 업보를 치르게 되어 있다. 최근 일본이 후쿠시마 원전 방사능 오염수를 바다로 방출한 것은 천인공노할 짓이다. 무엇보다 일본과 중국은 각각 식민사학과 동북공정 등을 통해 역사 왜곡이라는 중죄를 저질러 왔다.

"앞으로 머지않아 일본은 대부분 해수면 아래로 가라앉을 것이다. 이러한 미래의 두려움으로 일본은 본능적으로 한반도에 끈질기게 집착한다. 임나일본부설은 바로 우리의 남부 지역에 근거지를 마련하려는 억지 생존 전략이다. 역사적으로 중국은 여러 민족이 서로 왕조를 교체하면서 통합과 분리를 거듭해 왔는데 이제 소수민족연합이 해체될 시기에 접어들었다. 이에 중국과 일본의 역사 왜곡을 퇴치하고 우리가 역사의 주도권을 되찾아야 할 것이다. 그리하여 우리의 원래의 장대한 역사를 올바로 세워 대륙의 옛 강토를 수복하여야 할 것이다. 이는 우리의 의식과 의지에 달려 있다. 부디 우리 민족이 수천 년 동안 간직해 온 홍익인간(弘益人間) 제세이화(濟世理化)의 이념으로 한국이 앞으로 세계를 선도하기를 바란다.

"이번 판문점 방문을 통하여 자네들은 우리나라의 허리를 두 동강 낸 비무장지대를 보았다. 앞으로 다시는 남북 간의 전쟁은 없어야 할 것이다. 전쟁을 유발할 수 있는 모든 요인을 살펴보아야 할 것이다. 우리 사회와 나라에서 분리, 증오, 탐욕 같은 부정적 흐름을 휩쓸어 가 버릴 수 있도록 거대한 강물 줄기를 이루어야 할 것이다. 역사적으로 우리 민족은 이러한 강물 줄기를 면면히 흘려보냈다.

"천록궁도의 핵심은 '사람은 인종, 종교, 신조, 지위고하, 남녀노소를 불문하고 그 진정한 정체(identity)는 영(靈, Soul)이며 이 영은 곧 신(God)의 일부로서 그 신성한 불꽃같은 존재이다'라는 것이다. 이것이 동학(東

學)에서 '모든 사람은 평등하다'라는 사상과 시천주(侍天主) 사상으로 나타났다. '천주(天主, 하늘님)는 사람과 별개로 존재하는 것이 아니라 모든 사람의 머릿골에 내려와 계셔서 우리는 늘 하늘님을 모시고 있다'라는 것이다. 이러한 사상은 당대의 시대적 흐름에 맞게 민중들의 의식을 높이기 위해 제시된 것이었다. 동학은 이후 3.1, 4.19, 5.18, 6.10에 이어 촛불로 이어진 것이다. 이에 천록궁도인 자네들의 할 일이 많은 것이다. 영적 의무를 다하고 신을 추구해야 할 것이다."

환이 말을 마치자 일동은 다시 눈을 감고 한 5분 정도 휴를 부르며 그 장엄한 진동을 타고 내면으로 고요하게 침잠했다. 마치 장구한 세월이 흐른 듯했다. 일행은 스승의 장대하고 통렬하고 비장한 말을 듣고 나서 다시 넋을 추슬러 귀경길을 준비한다. 일명과 연철은 두 무릎이 굳었는지 잘 일어설 수 없었다. 한원과 조석은 가슴이 휑하여 세미나실 창밖을 멍하니 바라보고 있었다. 혜설과 청화는 고개를 숙이고 흐르는 눈물을 연신 훔치고 있었다.

스승을 배웅하고 온 산과 경찬이 이런 분위기를 깨고자 찬물을 끼얹는다.

"다들 뭐 해요?"

"점심 안 먹을 거예요? 빨리 나와요!"

환은 한순간에 부근의 파주 월롱산 정상에 서 있었다. 말로만 듣던 비월이다. 멀리 판문점을 바라보다 눈을 돌려 제자들을 향하여 두 손을 합하여 가슴에 모아 무한한 사랑을 보낸다. 하나하나 모두 하얀빛으로 강보에 싸듯 감싸 주었다. 바라카 바샤드![2]

귀경길

일행이 파주에서 점심을 먹은 후 귀경길에 올랐다. 경찬이 운전을 한다. 일명은 차의 가운데 자리에 앉아 있다. 산이 일명에게 묻는다. 오늘의 분위기와 잘 어울리는 주제다.

"일명, 혹시 북한이 조만간 붕괴하지는 않을까?"

"글쎄, 설마, 그러지는 않겠지? 이제까지 연명해 왔는데 말이야. 그리고 김정완은 그 아버지에 비하면 좀 더 유연하게 정권을 유지해 왔지 않나?"

연철이 대화를 이어 나간다.

"어떻게 보면, 남과 북이 미국과 중국 두 강대국의 대립을 각각 중간에서 완충해 주며 묘하게 균형을 이루는 역할을 해 주고 있는데, 북한이 붕괴하여 공백이 생기게 되면 혼란이 더 클 거 같은데……"

조석도 이 말을 듣고 의견을 낸다.

"그럼, 북한이 쓰러지기 전에 좀 더 유지되게 한 다음 시간을 두고 통일로 향해 가야겠네."

"그래요, 이번 남북 비밀 회동도 이런 노선상에서 여러 의제를 거론했을 거예요." 혜설이 맞장구를 쳤다.

"음, 남북이 서로 소통하고 교류하여 점차 대립이 완화되면 결국 휴전선의 철조망이 제거되지 않을까요? 베를린 장벽이 붕괴한 것처럼 말이에요." 청화도 멀리 내다본다.

한원은 조용히 듣고 있다. 밀없이 운전을 맡은 경찬에게 작은 생수병을 마개를 조금 비틀어서 건네준다. 경찬이 물병을 받으면서 한원의 손목을 꼭 잡는다. 따스한 온기가 한원의 팔을 타고 흘러 들어온다.

이 시점에서 산이 묘한 질문을 던진다.

"휴전선 철조망 제거가 한민족이 새로운 지평을 여는 데 얼마나 기여할 수 있을까?"

"……?"

기자 출신 일명이 그의 지식 보따리를 풀어놓는다. 생각을 자극하려고 물음을 던진다.

"1989년 말 냉전과 분단의 상징인 독일의 베를린 장벽이 붕괴하였는데,

과연 독일 사람들에게 새로운 지평을 연 것이었을까? 과연 그들은 일시에 새로운 세상을 탄생시켰는가?"

"상당한 기간 서독이 동독에 막대한 통일비용을 부담하여 시행착오를 겪은 걸로 알고 있어." 누군가 말한다.

"……!"

"당시 여러 전체주의 정권들이 연이어 붕괴하고 깃털이 갓 돋아난 민주주의가 이들을 대체하였는데, 과연 그러한 기회는 잘 살려졌는가? 이후 끊임없이 국가, 민족, 종교 간에 갈등이나 싸움이 일어났는데 이를 피할 수는 없었는가?"

"……."

"인류는 정말 새롭게 자기 신뢰, 자립, 책임감 등을 확립할 수는 없었던가?"

"……?"

"뭐야! 왜 이렇게 질문만 하는 거야?"

"아, 이제 우리의 문제를 생각해 보라는 겁니다." 일명이 말하며 다시 묻는다.

"그래서 북한의 독재정권이 무너지고 휴전선 철조망이 제거되면 과연 새로운 세상이나 아니면 민주주의가 탄생할 수 있을까?"

"글쎄."

"몰라."

"북한은 새로운 사회체제와 경제체제가 실험적으로 도입될 수 있는 좋은 무대가 되어야 할 거야."

"오로지 이윤만을 추구하는 천박한 자본주의나 토대가 빈약한 사회주의는 말고……!"

"남한에서의 끊임없는 좌우 양 진영 간의 대립, 지역 갈등, 양극 갈등, 노사 갈등, 여러 사회 집단의 권익 주장, 이상한 종교단체들의 난립과 정치적 영향력 행사 등은 얼마나 해소할 수 있을까?"

"……?"

산이 다시 말을 꺼낸다.

"수년 전 촛불 시위로 결국 어느 정권이 무너지고 역사적인 정권 교체가 일어났지. 그래서 차기 정부가 들어서고 적폐 청산의 기치를 내걸었고. 그러나 그 동력과 추진력은 얼마 안 가서 약화하고 말았어. 사람들이 휴식을 취하게 되고 정체되었다 이 말이야."

"맞아! 4.19나 6.10 이후의 상황도 그런 거 아니야?"

"그래!"

일명도 이에 동조하며 이전의 유사한 국제적 현상을 상기한다.

"오래전에 냉전체제의 붕괴가 역사의 전환점이 되기는 하였지만 이후 집단적 정체와 휴식 상태가 나타났지. 사람들의 동력이 점차 약화되었던 거야. 이는 전쟁이나 사회복지 등에 다시 관심이 일어났기 때문이었어. 사람들은 책임을 자신들의 어깨 위에 지려고 하지 않고 쉬고자 했지."

"그래, 사람들은 그렇게 부침을 겪다가 다시 전과 같은 주기를 반복해 가는 거라구!"

"우리 민족은 이 남북 화합의 기회를 붙잡아 잘 살릴 수 있을까? 남북통일은 순조로울까? 아니면 다시 강대국의 손아귀에 들어가 속국이 되고 말까?"

* * *

일행 각자는 천록궁도를 수련하는 궁도인으로서 무엇을 하여야 할지 많은 생각을 뇌리에 떠올리며 그것들을 가슴속에 가라앉혔다. 원대한 계획! 일행은 조만간 모임을 약속하고 광화문에 도착하여 해산하였다. 모임 장소는 한원의 회사에 마련된 세미나실이다. 늦은 오후 광화문 광장에 사람들이 부단히 움직인다. 모두 낯선 사람이지만 나와 한 집단을 이루며 살고 있다. 서로 보이지 않는 무언가에 의해 연결되어 있어 어떤 감정, 생각, 문화, 의식 등을 공유하고 있다. 그들을 보며 그들 안의 나를 본다.

광복절

2027년 8월 15일 일요일.
광복절이다. 서울 시내가 온통 소동이다. 광화문, 종로를 위시하여 시내 곳곳의 대로 양쪽에 태극기와 한반도기의 물결이 흘러넘친다. 김정완이 김효정을 대동하고 서울을 방문하는 역사적인 사건이 발생한 것이다. 온 국민이 텔레비전 앞에서 그의 방문 소식을 지켜보고 있다. 오전 10시 청와대 영빈관에서 열리는 8.15 경축 행사에 그가 참여하여 공동성명을 발표하는 장면이 방영되고 있다.

임 대통령과 김정완이 차례로 연단에 서서 8.15 경축사를 낭독한다. 참으로 감동적인 장면이다. 영빈관 위를 태양이 강렬하게 비추고 있다. 이제 70여 년 동안 안고 살았던 남북 분단의 고통을 종식해야 한다. 그동안의 무력 대립을 멈추고 진정으로 화합하여 상호협력을 해 나가야 한다. 이것이야말로 우리 한민족이 하나가 되어 궁극적으로 통일된 조국을 탄생시키는 지름길이라는 것을 역설한다.

내외신 기자들의 사진기 불빛이 화려하게 터지고 있다. 저 높이 청와대 상공에는 정찰 헬기가 큰 원을 그리며 독수리처럼 빙빙 선회하고 있다. 독수리는 힘과 승리의 상징이다. 전 세계의 이목이 온통 여기에 집중되고 있다. 모두가 남북공동성명서 발표를 학수고대하며 그 내용이 무엇일지 궁금해하며 안달이 나 있다. 특히 미·중·러·일은 눈살을 찌푸리며 빙 둘러앉아 초점을 모으고 있다.

약간의 지루한 의전행사들이 마무리되고, 드디어 두 정상이 남북공동성명서 내용의 개요를 번호대로 하나씩 번갈아 가며 발표한다. 임 대통령이 나이가 많다고 하여 먼저 홀수 번호를, 이어 김정완 위원장이 짝수 번호를 맡았다. 다음은 그 요지다.

> 1. 남과 북, 북과 남은 2027년 8월 15일 그동안 휴전상태에 있던 6.25 전쟁이 종식되었음을 선언한다. 이에 남한을 대리한 미국은 이를 조속히 승인해 주기를 촉구한다.

6.25는 냉전 시대가 낳은 가장 잔혹한 세계사적 전쟁이었다. 텔레비전을 통하여 중계된 이 전격적인 전쟁 종전선언을 목격하고 온 나라가 뒤집혔다. 그동안 평화를 갈망해 왔던 국민은 손뼉을 치고 함성을 지르며 환호했다. 특히 북에 고향을 두고 온 실향민, 이산가족들은 김칫국을 아무리 마셔도 하나도 시지 않았다. 그러나 행사에 참여한 미국 대사는 기분이 언짢아지면서 심기가 불편했다. 마치 평소에 얕잡아본 놈한테 뒤통수를 한 방 되게 얻어맞은 기분이었다.

> 2. 북한은 남한에 대하여 핵무기를 절대로 사용하지 않을 것을 굳게 약속한다.

이는 김정완이 짝수 번호를 맡은 이유이기도 하다. 남한은 북한으로부터 이제껏 이런 약속을 공언받은 적이 없었다. 북한은 원래 미국에 대항하여 생존하기 위하여 핵무기를 개발했다고 주장해 왔지만 때로 '불바다' 운운하며 남한을 위협하기도 했다.

3. 남한은 미국으로부터 전시작전통제권을 회수하기로 한다.

4. 남과 북, 북과 남은 조국의 통일을 이루기 위하여 다음의 원대한 과정에 합의한다. 국가연합으로 시작하여 연방제 수준의 단일 국가를 이루고 이를 거쳐 최종적으로 통일된 국가를 만든다.

오랜 세월 남과 북이 분단으로 인하여 고착된 이념적인 차이 및 문화적 이질성을 중화하고 또 경제력의 차이 등을 극복하기 위해서는 서로 간 점진적인 다가감이 필요하다고 본다. 대립에서 화해로, 화해에서 연합으로, 연합에서 통일로. 급작스러운 통합은 오히려 혼란을 야기하고 그 비용만 급증할 것이다. 독일의 통일이 주는 반면교사다.

5. 남과 북, 북과 남은 비무장지대(DMZ)에서 군대를 철수하고, 대신 이 지대를 보존하고 개발하여 개방하기로 합의한다. 이를 위해 먼저 전역에 걸쳐 매설된 지뢰, 불발탄 등 위험물 제거 작업을 연차적으로 수행한다. 국내외 6.25 참전군들의 유골들을 수습하여 그 신원을 파악한다. 이후 비무장지대를 다각적으로 활용할 계획을 수립하여 발표한다.

6. 남과 북, 북과 남은 체육, 문화, 이산가족 상봉 왕래, 학술 등 다방면으로 교류 협력을 하기로 합의한다. 시범적으로 국제적 체육 행사에 단일팀을 만들어 출전하며 점진적으로 다른 분야로 확장해 나간다. 금강산 관광은 그 성격과 절차를 더 개선하여 재개 여부를 결정하기로 한다. 남북 간의 여행이 가능하도록 단계적으로 진행하기로 한다.

7. 남과 북, 북과 남은 도로와 철도를 통한 육로, 해로, 항로를 잇기로 합의한다. 이를 위해 남한은 북한에 철도, 항만, 통신 사업을 진행한다. 개성공단은 북한에 위치하여 지리적인 문제가 있어 폐지하고 대신 이에 상당한 공단을 비무장지대에 건설하기로 한다.

8. 남과 북, 북과 남은 일본이 한국에 대한 그 잔혹한 식민통치에 대하여 독일이 유럽에 했던 수준 이상으로 진정으로 사과하고, 독도에 대한 그릇된 영유권 주장을 당장 멈출 것을 강력히 요구한다. 추가로 역사적 사실에 근거하고 해방 후 남한이 한 차례 주장하기도 했던 대마도 영유권을 다시 정당하게 주장한다.

엄청난 사건이다. 모두 가슴 벅찬 내용이다. 사람들은 그저 하늘을 훨훨 나는 것만 같았다. 이제 통일 대박이 터지는 것은 시간문제일 뿐이다.

***

북한의 핵무기는 사실상 천록궁도 영성단의 기술에 의하여 이제 무용지물에 불과하게 되었다. 하지만 이는 어디까지나 우리 남북 간의 일인 것이지, 주변국에는 알릴 필요가 없다는 것은 지당한 것이다. 북한의 핵무기는 미국이나 중국, 러시아, 일본에 대해서 위협적이어서 그 효력을 포기할 이유가 없는 것이다. 더욱 역으로 미국이나 중국, 러시아의 핵무기 위협에 대해서는 이제 콧방귀를 뀔 수도 있는 것이다. 하여 주변의 강대국들에는 좀 당돌하게 보일지도 모르지만 발표한 성명서 내용의 방향대로 나아가는 단계를 자주적으로 밟기로 약속한 것이다. 사실 남북의 군사력을 합하면 초강대국의 반열에 들어갈 것이다.

그래도 미국을 무시할 수는 없어 청와대는 지난달 극비회동 후에 외교안보 수석을 미국에 파견하여 북한과 서울에서 가질 광복절 행사 내용에 대하여 보고하였다. 첫 번째 쟁점은 종전선언이었다. 실제 휴전협정은 미국과 북한 사이에 체결된 것이어서 이를 위해서는 미국의 동의가 필요하다. 두 번째 쟁점은 전시작전통제권 회수 문제였다. 미국은 두 쟁점에 대하여 아직은 때가 아니라고 발을 빼며 이에 동의해 주지 않았다.

하지만 임 대통령은 미국의 결단을 촉구하였고, 설령 동의해 주지 않아도, 종전선언을 발표하겠다고 통보하는 강단을 보였다. 전시작전통제권 회수도 마찬가지였다. 미국이 온갖 구실을 달며 위협했는데 임 대통령은 이에 굴하지 않고 의지를 굽히지 않았다. 미국도 이런 한국 정치인은 처음이었다. 이 정치인은 되레 한반도에서 미군을 철수시키라고 요구했으며, 철수하지 않으려면 반대로 한국에 막대한 군사기지 사용료를 내야 한다고 반격했다.

미국은 당장 이 자를 어떻게 해야 할지 몰라 당황하며 당분간 지켜보자며 한발 뒤로 물러섰다. 한편 한국은 주한 미국 대사에게 이제는 미국에만 의존하지 않고 중국과 러시아와도 적극적으로 우호적인 외교관계를 추구할 것이라고 흘렸다. 미국의 편에서 한반도 남한은 중국, 러시아와 대결하는 데 있어서 최전방에 있는 최상의 전선이다. 결국 미국은, 이전에 카터와 클린턴, 의회 일부에서 종전선언을 언급하거나 논의한 적도 있고 또 실제로 전시작전통제권 반환도 약속한 바가 있어, 마지못해 한국의 의지를 수용하겠다고 답을 주었다. 사실 국제무대에서 작금의 미국의 지위도 예전만 못하다. 미 대사는 마치 갑작스럽게 돌변한 지인을 보는 어지러운 심징으로 행사에 참식할 수밖에 없었다.

이번 8.15 남북공동성명 발표 이후에 미국이 문제의 승인을 지연하려는 낌새를 보이자 임 대통령은 경고차 송택의 미군기지를 포위하고 전력과 수도 시설에 대한 중단조치를 제한적으로 취해 버렸다. 앞으로 미국과 외교 단절도 마다하지 않겠다고 압박하였다. 이것은 약자인 한국이 전사가 되어 강자인 미국을 이겨 낼 수 있는 고도의 전략적인 시간차 공격이다. 미국은 갑작스럽게 한국을 공격할 타당한 명분을 만들기에는 시간적 여유가 없었다. 설령 미국이 공격한다고 해도 중국과 러시아가 지켜볼 것이고 또 우리도 이제는 내심으로 방어할 준비가 되어 있었다.

그러나 미국이 과연 임 대통령을 가만히 놔둘까? 이번 8.15 남북공동성명으로 인하여 미국의 눈에 벗어났을 것이 분명하다. 우리는 이를 반드시 경계하여야 한다. 영적 결사대가 그를 잃지 않도록 보호해야 한다.

반야궁 입궁

2023년 12월 9일 토요일.
지리산 묘향암에 산과 경찬이 도착한다. 일명과 조석이 동행했다. 산과 경찬이 폭로한 사실은 대통령 퇴진에 큰 영향을 미친 바 있다. 그로 인하여 정치적 소용돌이가 휘몰아쳐 세상이 정화되고 새로운 희망의 힘이 발현되었다. 스승 환의 조치에 따라 사회에서 한 이 일의 반작용을 감수하기 위하여 반야궁에 입궁하려는 것이다. 서쪽 하늘에는 오후의 햇살이 아직 남아 있지만, 북향인 묘향암 주위에는 초겨울의 쌀쌀한 바람이 몰아쳤다.

산과 경찬이 묘향암 주지 스님을 보고 반갑게 인사한다.

"스님, 그동안 잘 지내셨어요?"

"아미타불! 어서 오게!"

"날씨가 추워졌어요, 스님."

"여기는 추위가 더 빨리 오지. 묘향암이 우리나라에서 가장 높은 곳에 있어. 장작이나 좀 많이 패 놓고 가게, 허허허!"

"네, 알겠습니다."

스님이 차를 내린다.

"자, 뜨거운 차 좀 마시게들. 여기서 하룻밤 지내고 내일 아침 길을 안내해 주겠네."

"……!"

어제 오후 환 대사가 들러 길 안내를 부탁한 것이다.

***

일행은 다음 날 아침 요기를 하고 스님을 따라 반야궁을 향해 길을 떠났다. 먼저 중봉으로 향했다. 거기서 대소골을 향해 잠시 내려가다, 왼쪽으로 잘 보이지 않는 사잇길로 들어섰다. 조금 더 들어가니 길이 아예 사라졌다. 바위 위를 한참 걸어가다 기어가다 했다. 바위를 지나니 짐승들이 다니는지 희미한 선이 나 있다. 방향을 보니 반야봉으로 올라가는 길과 나란한 방향이었다. 이윽고 다시 오른쪽으로 몸을 돌려 멀리 대소골을 내려가는 방향과 거의 나란하게 한참을 걸었다. 원시림처럼 인적이 없는 곳이다.

스님이 힘들게 따라오는 일명과 조석에게 말한다.

"길을 잘 익혀 두게. 자네들이 다시 반야궁에 오게 될지 모르니까 말이야."

"아이구, 저는 올 일 없어요." 조석이 숨을 가쁘게 쉬며 손사래를 친다. 일명도 같은 생각이다.

"허허허, 두고 보세." 스님이 미소를 짓는다.

경사진 곳곳에 높이 솟은 나무와 큰 바위들이 꽉 들어차 있고 관목이 우거져 발 디디기가 쉽지 않다. 오른쪽 옆에는 가파른 낭떠러지가 계속되어 다리가 후들거린다. 이윽고 작고 둥그런 평지가 나온다.

"자, 여기서 잠시 쉬세." 스님이 말한다. "여기는 궁의 외부 경계이네. 바깥세상과는 약간 진동수가 다르지. 봐, 겨울인데도 주변의 풀과 나뭇잎이 푸릇푸릇하고 생기가 있지 않나?"

"……!"

"자네 둘은 입궁 전에 몸의 진동수를 조정하게나."

산이 경찬을 도와 진동수를 조정해 준다.

"자, 이건 증표일세. 궁 입구에 들어가면 외부 경호원에게 보여 주게. 이후 안내를 받아 개운조사를 만나게 될 걸세."

스님은 산과 경찬에게 반야궁에 들어가는 길을 설명해 주고 나서 일명과 조석을 데리고 돌아갔다. 일행과 작별을 나누고 산과 경찬은 좀 더 앞으로 걸어갔다. 이윽고 두 개의 커다란 바위 절벽이 좁은 틈을 사이에 두고 아래로 아찔하게 내려간다. 묘향암에서 가져온 밧줄, 등산 장비를 이용하여 바위틈을 한 20m 정도 내려가니 절벽에서 바위 선반이 약간 튀어나와 있다. 그 아래에 허리 높이의 동굴 입구가 있는데 이 선반 때문에 위에서는 입구가 보이지 않는다. 용의주도하게 은폐되어 보호되고 있다. 혹 입궁하려는 자는 먼저 궁도인에게 검사를 받고 허락을 받은 후에야 들어갈 수 있다. 보통 이 궁은 성기체 달리 아스트랄체나 꿈의 상태에서 몽체(夢體)로 들어가는데, 이 경우에도 입궁하려는 자는 사전에 거르는 과정을 통과한 후에야 입궁이 허용된다.

산과 경찬이 경호원의 안내를 받아 좁고 낮은 동굴 입구를 조금 들어가니 곧 넓고 높은 통로가 나왔다. 좀 더 걸어가니 사방이 훤히 트인 넓은 공간이 나온다. 저 앞에 궁이 보이고 주변에 부속 건물들이 잘 배치되어 있었다. 궁으로 이어지는 길 양쪽에는 잎사귀들이 푸르고 넓은 나무들이 쭉 늘어서 있다. 겨울 지리산의 식물들이 아니었다. 화려한 색깔의 새들이 이 나무 저 나무 자리를 옮겨 날아다니며 소리를 낸다. 길 양옆에는 파릇한 잔디가 쭉 펼쳐져 있었다. 잔디밭 안에는 잘 구획이 나뉜 꽃밭들이 있고 이름을 알 수 없는 크고 작은 형형색색의 꽃들이 피어 있었다. 군데군데 길목에 특이한 인물상과 동물상 조각품들이 서 있어 눈길을 끌었다.

궁의 대문을 열고 들어가니 저 멀리 안쪽에 한 건물이 보였다. 접견실이 있는 곳이다. 안내를 받아 들어가니 궁주인 개운조사가 앉아 있었다. 하얀 도포를 입고 있다. 산과 경찬을 보더니 반갑게 맞아 준다. 그야말로 사람들이 상상하는 신선의 모습 그대로이다. 백발에 길게 늘어뜨린 하얀 수염, 하얀 눈썹, 그리고 인자하고도 세상을 초월한 눈빛이다.

"어서들 오게나!"

"처음 뵙겠습니다, 조사님."

"그래, 반갑네. 이 늙은이는 세상일에 무관하며 지내고 있는데, 환 대사님이 나를 가만 놔두지 않네그려, 허허허!"

"……!"

조사가 그들을 지긋이 바라보며 두 손을 한데 모으고 고개를 끄덕이며 말한다.

"자, 그럼 자네들은 여기 대 총관의 안내를 받도록 하게. 그리고 앞으로 강당에서 강의가 있을 텐데 자네들도 참석하게나. 환 대사도 오실 걸세."

"네, 조사님."

대 총관이 걸음을 떼며 말한다.

“자, 나를 따라오게들.”

둘이 뒤따른다. 총관의 황갈색 도포 위로 그의 긴 머리가 어깨 아래까지 흘러내린다. 그는 발해의 시조인 대조영의 후손이다. 현재 근처 남원에도 그 후손들이 대(大)씨에서 태(太)씨 성으로 바꾸어 살고 있다.

* * *

대 총관이 집무실에서 산과 경찬에게 입궁 이후의 생활에 대하여 안내해 주려고 한다. 그 전에 산과 경찬은 궁금한 점이 너무 많다.

“총관님, 이 궁은 언제 누가 만든 것입니까?” 산이 먼저 묻는다.

“아득히 먼 옛날 지리산에서 도를 닦던 선인들이 이 반야궁을 짓기 시작했다고 전해 오고 있네. 진시황이 보낸 자들이 방장산으로 알려진 이 산에서 불로초를 구하러 와 여기에 머물렀다고 들었지.”

“그러면 기원전에서 얼마나 더 거슬러 올라갈지 모르겠네요.” 경찬이 놀라며 반응한다.

“그래, 처음에는 작은 규모였지만 장구한 세월 동안 이어 오면서 더 확장되었다고 해.

“임진왜란 때에 나라를 구하려고 살생을 할 수밖에 없었던 승병들이 전쟁

후 그 업을 씻기 위해 서산대사의 주선으로 이 궁에서 집중적으로 수행하였지. 지리산은 대사님을 25년 동안 품어 준 산이지. 이후 묘향대에서 수도를 하셨던 개운조사께서 이 궁을 맡아 오늘에 이르고 있네. 서로 연배가 비슷하신 환 대사님도 처음 청나라에서 오셨을 때 궁에 잠시 계셨는데 임무가 달라 주로 바깥세상에 거주하시면서 우주의 일을 돌보고 계시지."

"네에."

"대신 환 대사님은 여기에 영적 결사대를 조직하여 양성하면서 다가올 미래에 대비하고 계시네. 실제로 2000년 6월 평양에서 남북정상회담이 열렸을 때 이 결사대가 김 대통령을 후방에서 원격 경호를 했지. 앞으로 몇 년 이내에 그런 일들이 다시 있을 것으로 보이네. 그때에도 우리 결사대가 원격으로 보호 작전을 펼칠 것이네."

"아, 그래요?" 둘이 놀란다.

"……!" 대 총관이 말없이 합장한다. "영적 결사대에 대해서는 따로 말해 주겠네."

"네, 알겠습니다."

경찬이 이어 다른 질문을 한다.

"이곳은 외부와 뭔가 다른 게 느껴져요. 온도나 식생 등 말이에요."

"그렇지. 자네들도 이곳이 진동수가 좀 더 높다는 것을 느꼈겠지. 여기는 외부와는 차원이 좀 다른 곳이야. 이 지상이라는 현상계와 성광계(星光界, 아스트랄계) 사이에 존재하는 것과 같은 상태에 있네. 성광계보다는 더 거칠고 더 단단하지만 현상계보다는 덜 거칠고 덜 단단하지. 그래서 외적으로는 숲의 나무와 눈 등으로 섞여 있지만 보통 사람의 육안에는 잘 보이지 않는 것이네.

"보통 성기체(星氣體, 아스트랄체)로 궁에 접근하는데, 자네들처럼 특별히 직접 육신으로 온 사람들은 육신을 궁의 보관소에 놔두고 성기체로 궁을 구경할 수도 있네. 그리고 천록궁도인은 꿈의 상태에서 몽체(夢體)로 궁에 와 강의를 듣지.

"여기는 기후도 더 온화해서 더운 지방의 식물들이 자라고, 화초, 어류, 동물들의 종도 매우 다양하네. 그리고 남한에서는 소멸했다고 하는 호랑이도 몇 마리 여기서 살고 있네. 무엇보다 이 동물은 영물이라 이 궁에서 발산하는 전자기장과 공명하여 다들 온순하게 지내고 있네."

산은 호랑이라는 말을 듣고 스승 환의 이야기가 생각났다.

"환 스승님이 금강산에 계시다 지리산으로 가기로 정하시고 노고단에서 반야봉, 천왕봉으로 이어지는 길을 종주하셨는데 가는 길 내내 호랑이 한 마리가 나타나 길을 안내해 주었다고 하셨어요. 호랑이는 가는 길 주변에 영기(靈氣)를 내보내 사기(邪氣)를 물리치고 잡스러운 동물들의 접근을 차단하며 스승님을 엄호해 주었대요."

"아아, 당시 반야궁에 있던 호랑이가 아니었을까요?" 경찬이 묻는다.

"하하하, 아마도." 대 총관이 웃는다.

산도 함께 웃으며 궁에 들어올 때 본 조각상들에 대해 묻는다.

"총관님, 궁 안으로 가는 길목에 인물상과 동물상 조각품들이 있었는데 뭔가 특별한 것이 느껴졌어요. 그게 뭔지 모르겠어요."

"음, 그걸 감지했다니 대단하구만! 그건 말일세, 인물상 팔다리의 특이한 자세와 동물상의 독특한 움직임을 보여 주는 표현은 궁도 수련인에게 의식의 변화와 확장을 일으키게 하기 위한 것이네."

"네에."

"마치 방아쇠처럼 응시하면 당겨져 순간적으로 의식의 변화를 가져올 수 있지."

"와, 무심결에 지나칠 수도 있는데, 궁 안의 곳곳에 이런 장치들이 설치되어 있겠지요?"

"하하하, 이제 차차 한번 찾아보게나."

"네, 알겠습니다."

"그리고 말이야, 혹 조사님이 무슨 간단한 선물이라도 주시면 그건 큰 의미가 있는 거야. 그게 영패나 조각품 또는 신물이든 말이야. 다 영적 의식을 열고 확장하는 기능을 가진 것이지."

"아, 네에."

"자, 이 정도 하고 이제 도서관으로 가 보세."

일행은 긴 회랑을 지나 한 건물을 향하여 걷는다. 가는 도중 회랑의 벽에 글과 그림이 새겨져 있는 것이 보인다.

"총관님, 이 그림들은 무얼 그려 놓은 겁니까?" 경찬이 묻는다.

"우리 배달 동이의 역사라네."

"네에, 흔히 우리 역사를 반만 년 역사라 하는데, 그러면 기원전 3000년 단군 조상의 나라로 거슬러 가겠지요?"

"사실은 그보다 더 오래된 1만 년의 역사네. 여기서 강의를 들으면 알게 될 걸세. 실제 그 역사에 대한 기록이 있으니 도서관에서 보여 주겠네."

"……!"

"저기 그림 옆에 쓰인 문자는 한자는 아니고 무슨 문자인지요?" 산이 묻는다.

“가림토라고 하는데 세상에서는 오래전에 소실된 문자네.”

“아, 그 논란이 많은 문자……!”

“눈으로 직접 보니 어떤가?”

“……!!”

이윽고 일행은 도서관 안으로 들어간다. 서가가 열을 지어 수없이 늘어서 있다. 죽간, 목간, 두루마리, 점토판, 석판, 목판, 서책 등 온갖 기물들이 배열되어 있다. 대 총관이 그중에서 서책 크기의 석판을 하나 가리키며 반야궁의 역사가 기록된 것이라고 알려 준다. 그는 이어 다른 석판을 하나 꺼내었다.

“이건 화강암으로 만든 건데 우리 배달 동이의 역사를 기록한 것이네.”

“그런데 표면에는 아무 글자도 안 보여요!” 경찬이 의아하게 여긴다.

“하하하, 그래, 맞아!”

“……??”

"자, 산, 자네 이리로 와 석판 위에 두 손을 얹고 눈을 한번 감아 보게."

"네."

"이제 영안을 지긋이 바라보며 뭐가 머리에 떠오르는지 지켜봐."

"아무것도 안 떠올라요."

"그래, 아직 읽을 줄 몰라서 그러니 좀 더 훈련해야 할 거야. 내면으로 빛과 소리를 충분히 느껴야 해."

이것이 바로 이 석판의 영적 기록을 해독하는 방법이다. 글자로 읽거나 홀로그램 영상으로 볼 수 있으며, 신의 빛과 소리를 직접 경험할 수도 있다. 지구상에는 고대의 기록을 남기지 않은 문화나 전통들이 많은데 이런 식으로 기록을 남긴 것들이 많이 있다. 모두 영적 수련에 의한 해독을 기다리는 것이다.

이쯤 하여 산과 경찬에게 궁에 대한 안내 겸 궁금한 점들을 인내심 있게 해소해 주고, 대 총관이 조직의 책임자로서 입을 연다.

"자, 이제 본론으로 들어가겠네. 잘 유념하도록 하게."

"네."

"입궁하였으니 생각, 태도, 수행 모든 면에서 조심하고 근면해야 하네. 남의 생각을 읽으려 하지 말 것이며 또한 남에게 생각을 읽히지 않도록 하게. 주위의 궁인들과 잘 조화하도록 하고, 만일 그렇지 않으면, 종이 있는 곳에 가까이 가면 소리가 날 것이야. 거짓된 자아가 살아 있다는 신호지. 이 소리를 들으면 더욱 수행하고 자신을 돌아봐야 할 것이네.

"삶을 바라볼 때 객관적으로 볼 것이며 자신의 의견, 편견 혹은 자기 위주로 보지 않기를 바라네. 항상 깨어서 자신이 어딘가 무언가에 집착하지는 않는지 지켜보아야 할 것이야.

"수련을 끊임없이 깊이 하여 자신의 가장 깊숙한 곳으로 들어가야 하네. 이를 방해하려고 수많은 적들이 몰려들 것이네. 그중 진정한 적은 두려움이야. 항상 빛과 소리를 따르라. 절대적인 지고한 신의 하부우주에서 현현한 신성한 율려(律呂)인 것이니."

"……!"

"이제 서로 꿈의 상태에서 종종 보게 될 걸세."

말을 멈추고 대 총관은 산과 경찬을 데리고 궁의 의무실로 향했다. 이윽고 의무실장에게 둘을 소개해 준다. 이어 산을 보며 말한다.

"자, 여기가 자네가 몸을 맡길 곳이네."

이곳은 궁에 육신으로 찾아오는 사람들이 영체이탈을 하여 체외여행을 할 때 남겨 둔 육신을 돌보는 일종의 육신 보관소이다. 이 의무실에는 여러 개의 침상이 나란히 놓여 있고 여기에 전담 간호 요원들이 돌보고 있다. 한 방에는 단기간 누워 쉬고 있는 육신을 수용하며, 다른 방에는 장기간 영체여행을 하며 남겨 놓은 육신을 수용하고 있다. 산의 육신은 이 장기간 방에 둘 것이다. 그리고 이곳은 특히 장기간 체외여행을 마치고 다시 자신의 육신에 귀환하는 영을 조속히 온전하게 회복시켜 준다. 산은 성기체로 성록궁에 있는 감화소로 갈 것이다.

이어 대 총관은 경찬을 궁의 식당으로 안내하여 허드렛일을 맡도록 한다.

식당의 주방장은 김청의(金淸意)다. 수려한 얼굴에 그의 눈매가 예사롭지 않다. 체격이 크고 근육은 잘 단련되어 보였다. 아마 무술 수련을 많이 한 듯하다. 그의 할아버지는 오래전 청나라가 망하고 중국 공산당을 피해 이곳 지리산으로 피신한 황실의 후손이다. 청의 시조인 신라인 김함보의 후손임을 자처하고 누루하치(愛新覺羅) 대신 김씨로 칭했다. 대 총관이 청의에게 함보는 발해 왕실의 후손이라고 알려 주기는 했다. 청의의 팔뚝에는 상처의 흔적이 여러 군데 나 있다. 궁의 힘든 일들을 도맡아 처리해 왔다. 외부적으로는 궁의 주방장이지만 내면세계에서는 이 궁의 경호대장이다. 개운조사의 최측근 중의 한 명이다.

돌아오는 길에 대 총관이 경찬에게 말한다.

“이곳의 궁도인이 다 우호적인 것은 아니네. 여기도 외부세상 못지않게 힘이 판을 치는 곳이라네. 누군가 자네를 괴롭히는 일이 있을 수 있다는 것을 명심하도록 하게."

"네."

"혹 그러더라도 수행이라고 생각하며 잘 견디게."

대 총관은 경찬에게 김청의를 경계해야 한다고 암시하는 것 같았다. 아마도 이런 안배는 경찬을 담금질하여 더 단련시키려는 것일지도 모른다. 경찬의 특수 비밀 임무상 개운조사의 곁에 머무르는 시간이 많을 것이기 때문이다.

후속 입궁

2024년 2월 3일 토요일.
산과 경찬을 지리산 반야궁에 보낸 지 두 달쯤 후 일명과 조석은 다시 반야궁으로 향한다. 이번에는 한원과 연철을 동반하여 혜설과 청화의 입궁을 안내해 주기 위해서다. 이번에는 묘향암에 들르지 않고 직접 반야궁으로 향하기로 했다. 한 달 전 일명과 조석이 묘향암 스님을 따라가 보았던 길에 대한 기억을 믿기로 한 것이다.

일행은 이른 아침 광화문에서 모여 출발하기로 했다. 이번에는 승합차를 준비했다. 조석과 일명이 교대로 운전할 것이다. 서울 시내를 지나 차가 한남대교를 건너 경부고속도로에 진입할 무렵에 일행은 서서히 잠에서 깨어난 듯 기지개를 살며시 켜고 눈을 뜨기 시작했다.

일명이 커피를 홀짝이며 마시다 운전하는 조석에게 말을 건다.

"나, 참, 반야궁에 다시 갈 일 없을 줄 알았는데, 그 스님 말마따나 이렇게 되었네요."

"그러게 말이야." 조석이 응한다.

뒤에서 듣고 있던 청화가 한 마디 툭 쏘아붙인다.

"뭐야, 그럼 가기 싫은데 마지못해 간단 말이야?"

"어? 아니야, 그런 게 아니고……, 반야중봉에서 반야궁으로 가는 길이 너무 험하고 힘들어서 그런 거야. 오해하지 마!" 조석이 급히 청화를 달랜다.

"그래, 정말이야. 나도 그런 길은 처음 가 봤어." 일명도 거든다. 청화는 놀라는 표정으로 커피를 한 모금 소리를 내며 홀짝 마신다.

"근데 그 스님이 다시 올 줄 알았다는 거야?" 혜설이 묻는다.

"응! 맞아. 어떻게 그럴 수 있지?" 일명과 조석이 동시에 답한다.

"하하하!" 혜설이 웃는다. "참, 스님도, 말씀이 많으시네." 자신의 의도가 스님에게 읽힌 것을 두고 한 말이다.

"……?" 다들 혜설의 말뜻을 모를 것이다.

"근데 말이야, 너희들 왜 그랬어? 이렇게 될 줄 모르고 그 비밀을 깐 거야?"

혜설이 인록궁으로 가 대통령과 그 일당의 위창동 비리 기록을 입수하고 청화가 그 자료를 2D 홀로그램으로 재생하여 세상에 폭로한 것을 말하는 것이다.

"아니, 생각해 봐! 우리더러 청상과부로 살라고?"

"우하하하하하하!" 과묵한 한원의 웃음소리가 제일 크게 들린다.

"뭐, 탄핵 인용에 종지부를 찍으라는 압박이었겠지." 연철이 곧이곧대로 알려 준다.

"네에, 그렇게 말해 주세요잉!" 청화가 놀리듯 핀잔을 준다.

"하하하하!"

"아니지, 실은 감옥에 갇힌 낭군님하고 같이 지내려고 일을 저질러 그 감옥으로 가고 있는 거지!" 연철이 소리치며 웃는다.

"하하하하!"

오늘은 혜설과 청화가 반야궁에 갇히러 가는 또 하나의 쓸쓸한 겨울날이다. 그러나 함께 웃으면서 달리다 보니 어느새 차는 천안·논산 간 고속도로상의 공주 차령고개를 넘고 있다. 주위에 산들이 많아서인지 흰 눈발이 바람에 어지럽게 날리고 있었다. 이윽고 일행은 정안 휴게소에 들러 아침 식사를 하고 잠시 휴식을 취한다.

* * *

평소에도 그랬지만 오늘 조석이 한원을 유독 끔찍이 챙겨 준다. 아침 식사를 담은 식판을 들고 수저며 냅킨을 챙기고 컵에 물을 담아서 가지고 와 한원 앞에 놓아 준다. 둘이 마주 보며 식사하는 모습이 형과 아우의 사이를 넘어 마치 조폭 부하가 두목을 대하는 듯하다. 옆의 일행이 다소 불편함을 느낄 정도다. 그러나 일행이 둘 사이를 알게 된 것은 보름 전쯤이다. 조석의 어머니 문상에 가서 들은 것이다.

조석은 원래는 비교적 부유한 집안에서 나고 자랐다. 그의 부친은 중소기업 사장이었다. 그러나 여러 여자를 거느리며 집에는 거의 들어오지 않았다. 어쩌다가 집에 오는 날은 맑은 정신에는 올 수 없었는지 술에 만취가 되어 들어오곤 했다. 그는 두 모자에게 생활비도 제대로 주지 않아 조석은 내실 가난한 집 아이와 다름없었다. 오랫동안 외면을 당해 온 조석의 어머니는 아들만을 바라보며 인고의 세월을 보냈다. 남편이 그의 부모의 간섭으로 원치 않은 결혼을 한 것 때문이라고 이해하며 속으로만 삭였다. 조석 부친의 회사는 불황을 견디지 못하고 갈수록 기울어 갔다.

어린 시절 마음을 잡지 못한 조석은 조금씩 삐뚤어져 갔다. 중학교 때부터 격투기를 배우기 시작하면서부터는 점점 심해져 갔다. 고등학교 때에는 무서운 실력을 갖추어 종종 시합에도 나갔다. 학교에서는 공부가 너무 재미없었고, 가만히 있어도 그를 대장으로 따르는 애들이 생겼다. 그를 앞세워 불량한 짓들을 하려는 것이다. 연철이 고등학교 3학년 때 조석의 무리에게 학폭을 당한 것도 그러한 분위기에서였다.

조석이 고등학교 졸업식을 며칠 앞둔 어느 겨울날 저녁, 그의 부친이 술에 만취해서 집에 와 행패를 부리며 모친을 마구 구타했다. 기물들이 와장창 깨지며 비명을 지르는 소리가 들렸다. 그는 자기도 모르게 벌떡 일어나 달려가 부친의 두 손목을 꽉 움켜쥐고 힘을 주며 부르르 떨었다. 자식의 힘을 당하지 못하고 손목을 붙잡힌 채 부친은 바닥에 주저앉아 무릎이 꿇렸다. 차마 눈 뜨고 볼 수 없는 상황이었다.

더 있으면 부친에게 주먹이 날아갈까 봐 조석은 실성한 듯 소리를 지르며 바로 집을 뛰쳐나왔다. 정신없이 거리를 헤매고 다니다가 자기도 모르는 사이 술에 취해 추운 밤 골목을 비틀거리며 걷고 있었다. 불량배들에게는 좋은 표적이었다.

한원의 부하들이 골목에서 웅크리고 누워 있는 그를 발견한 것은 거의 자정이 다 될 무렵이었다. 그들은 회사의 회식을 막 끝내고 집에 돌아가려는 참이었다. 얼마나 맞았는지 얼굴에는 코피가 터져 엉겨 있었고 옆구리를 가리고 있는 옷에 흙이 사방에 묻어 있었다. 발에 차인 자국이었다. 차마 돌아서지 못하고 한원은 이 아이를 회사 당직실에 데려가 진정시키고 회복하게 했다. 마치 자신을 보는 것 같았다. 고등학교를 졸업하자마자 무작정 서울로 올라와 갈 곳이 없어 정처 없이 골목을 헤매었던 기억이 스치고 지나간다.

자초지종을 듣고 한원은 조석에게 학비를 내어 줄 테니 전문대학을 다녀보라고 권했다. 한원이 당직실 옆에 작은 공부방을 내어 주어 회사에서 숙식을 해결하였다. 주중에 틈틈이 그리고 주말에 회사의 잡일도 도와주며 잘 버텨 주었다. 졸업 후에는 회사에서 일하게 해 주었다. 그동안 진

빚을 갚게 해 준다는 명목이었다. 이후 홀로 계신 어머니를 모시며 함께 살았다.

한원은 조석이 자립하기 시작한 시점에 그의 부친에게 연락하여 근황을 알려 주었다. 방치했던 아들이었지만 가출에 충격을 입은 것 같았다. 뒤늦게나마 일말의 뉘우침이라도 있었던 것일까? 그래서인지 그는 안심하고 한동안 별 일 없이 지내는 듯하였으나 결국 부인과 이혼을 선택하고 말았다.

한원의 일행은 모두 운동을 좋아하여 그들 회사에 소규모 도장을 마련하여 수련을 해 왔다. 검술을 주로 하였던 한원이 격투기를 단련하는 데 조석은 좋은 상대가 되어 주었다.

그러나 오래지 않아 조석의 모친은 그동안의 속병으로 야속하게 저세상으로 가고 말았다. 조석은 상중에 장례식장에 딸린 방 안에서 나오지 못하고 사흘 밤낮을 서럽게 흐느껴 울었다. 회사 형들이 장례를 도맡아 치러 주었다. 그가 한원을 따라 천록궁도에 입문하게 된 큰 이유는 그의 부모가 전생에 무슨 악연으로 얽혔는지 알아내면 저승에 계신 어머니의 한을 풀어 줄 수 있으리라는 것이었다.

***

이제 일명이 운전대를 이어받아 운전한다. 식사를 마치고 난 후인지 다른 일행은 잠에 빠진 듯하다. 아니면 눈을 감고 자는 척하는지도 모른다.

두 여자가 궁에 갇힐 시간이 점점 다가오는 것이다. 차는 익산을 지나 남원으로 가는 길로 접어들어 달린다.

조석이 옆에 앉아 커피를 한 모금 마시면서 일명에게 말을 건넨다.

"이번에 우리도 궁에 들어간다며?"

"응, 그런가 봐요."

"기대되네."

"……!"

차가 남원을 지나 구례를 향하여 달린다. 도중에 지리산 노고단으로 가는 길로 빠질 것이다. 그전에 고속도로 휴게소에 들러 점심을 먹기로 한다.

"다들 든든히 먹어. 곧 산행을 시작할 거야."

"시간이 많이 없어."

이윽고 일행은 차를 성삼재 주차장에 주차해 놓고 내렸다. 주변을 둘러보니 곳곳이 흰 눈에 덮여 있다. 차가운 바람이 코끝을 시리게 한다. 장비를 점검한다. 이곳에서 노고단 고개로 올라가는 길은 쉽지 않다. 힘들어 주위나 아래를 바라볼 여유가 없다. 노고단에 올라서야 겹겹이 펼쳐지는 산을 바라본다. 다시 중봉을 향하여 길을 재촉한다. 그래도 이 구간의 길은 비교적 평탄하여 걸을 만하다.

조석과 일명이 앞장서서 간다. 다음 혜설과 청화를 앞세우고 한원과 연철이 뒤에서 힘을 북돋아 주며 길을 걷는다. 쉴 시간이 충분하지 않다. 곧 일어서서 걸음을 재촉한다. 겨울 산에 어둠이 내리기 전에 목적지에 도달해야 한다. 수 시간을 걸은 것 같다. 또 잠시 쉬면서 배낭에 가져온 귤을 나눠 먹고 원기를 회복한다. 혜설과 청화도 다리가 무거워져 떨어지지 않는 발을 이를 악물고 움직인다. 천신만고 끝에 중봉에 이르렀다.

일명이 대소골을 향해 내려가다 좌로 사잇길을 찾았다. 조금 더 들어가니 길이 아예 사라졌다. 지난번에 왔을 때도 그러했다. 길을 기억해야 한다. 조석도 기억하려고 머리를 쥐어 짜낸다.

"그래, 바위 위를 한참 걸어가다 기어가다 했지."

"반야봉 방향으로 나란히 가다가 오른쪽으로 몸을 돌려 멀리 대소골로 내려가는 방향과 나란하게 갔었다." 일명이 잇는다.

"야아! 어떻게 기억해?" 조석이 묻는다.

"기자 출신이잖아!" 뒤에서 누군가 말한다.

"그때 메모해 두었죠." 일명이 말한다.

이어 경사진 곳을 간신히 지나간다. 곳곳에 높이 솟은 나무와 큰 바위들이 꽉 들어차 있고 관목이 우거져 있다. 오른쪽 옆에는 가파른 낭떠러지가 계속 이어진다. 한참을 걸어가니 드디어 궁의 외부 경계인 작고 둥그런 평지가 나온다. 전번에 조석과 일명이 잠시 쉬었던 곳이다. 일행을 실수 없이 잘 이끌었다는 생각에 둘은 안도의 숨을 내쉰다.

앉아서 조금 쉬고 있으니 인기척이 들려서 고개를 돌려 쳐다보았다. 누군가가 경찬을 데리고 마중 나온 것이다. 일행이 경찬을 보고 반가운 나머지 일어서서 다가갔다. 그러나 그자가 경찬을 뒤로 제치며 말한다.

"나는 궁의 경호를 맡은 김청의요. 외부인은 궁내인을 만나려면 먼저 검사를 받아야 하오."

조석이 좀 아니꼬운 생각이 들어 앞으로 나서며 말한다.

"난 조석이라 하오. 우리는 환 대사님의 안배로 여기에 온 것이오. 묘향암의 주지 스님께서 보증해 줄 수 있소."

"그래요? 어쨌거나 이곳의 규칙대로 마음이 불순한 자는 들어갈 수 없소."

경찬과 떨어져 눈인사를 주고받던 청화가 화를 내면서 묻는다.

"그걸 어떻게 검사한다는 말입니까?"

"여기 조그만 종이 있소. 이 종이 울리면 통과하지 못하오."

조석이 무시하며 내뱉는다.

"그런 법도 있소? 그런 거보다 나와 한번 겨뤄 봅시다. 내가 이기면 모두 통과하는 걸로."

"지면?"

"그럴 리 없소만, 묘향암 주지 스님에게 연락하겠소."

"어림없소! 마음을 정화할 때까지는."

"잔소리 그만하고, 이리 나오시오!" 조석이 자극한다.

"좋소! 정 그렇다면."

김청의가 제자리에서 몸을 푼다. 조석도 몸을 풀면서 묻는다.

"어떤 무술이오?"

"청나라 황실 무술이오. 할아버지로부터 집안에 내려온 것이오. 당신은?"

"종합격투기(MMA)라는 근래의 무술이오."

둥그런 평지 가운데로 와 두 사람이 자세를 잡고 서로 응시하며 대적할 태세를 갖춘다.

"으음, 전통 대 현대라…… 볼만하겠구만." 일명이 말한다. 한원도 팔짱을 끼고 바라본다.

그런데 둘이 곧 한 판 맞붙으려는 찰나 저쪽에서 대 총관이 나타났다.

"청의는 물러서게!"

조석과 청의가 자세를 풀고 뒤로 몇 걸음 물러섰다. 대 총관이 오른손에 든 부채를 한 번 휙 소리를 내며 펼쳤다 접으면서 걸어온다.

"이 겨울에 웬 부채?"

"아니야, 부챗살 곳곳에 바늘 같은 무시무시한 암기가 숨겨져 있을지도 몰라."

"오, 그래?"

그런데 총관이 일행 앞으로 다가오는데 한원을 똑바로 보면서 걸어온다. 혹 한원이 나이가 더 들어 보여 일행의 우두머리로 생각한 것일까? 한원이 순간 긴장하면서 왼손에 들고 있던 등산스틱의 손잡이를 칼자루 삼아 슬며시 힘을 주면서 거머쥔다. 대 총관이 걸음을 멈추더니 부채를 확 펼쳤다 접으면서 단전에서부터 나오는 소리로 한원을 뒤덮듯이 말한다.

“아니, 삼별초 나리께서 어인 일로 예까지 납시었소?”

한원은 어느 전생에서 고려 시대 삼별초의 일원이었는데 이곳 남원에서 정부군에 패했었다.

“그대는 그때 정부군이었소?” 한원의 목소리가 마치 예리한 창이 방패를 뚫는 듯하다.

“아니오! 나는 중립을 지켰소.”

“그럼, 나와 한 판 겨뤄 보려고 왔소?” 한원이 천천히 기다란 등산스틱을 들어 올려 총관의 목을 향해 겨눈다.

“하하하! 아니오, 어찌 일행들 앞에서 쓸데없이 몸을 놀리겠소! 저는 개운조사님과 환 대사님의 청으로 여러분을 마중 나온 것이오.”

“그런데 저자는 왜 이렇게 무례하게 굴었나요?” 혜설이 청의를 가리키며 항의한다.

“하하하하! 이해하시오. 우리가 시간을 좀 끈 것은 서로 인사도 할 겸 입궁을 위해 여러분 몸의 진동수를 자연스럽게 조정하기 위함이었소.”

"아하! 그랬군요."

청의와 대 총관이 소리가 나는 종이나 시각을 자극하는 부채를 동원하여 일행의 의식 변화를 자극하여 진동수를 올리는 방책을 쓴 것이다. 일행은 흔쾌히 오해를 거두고 이들의 안내를 받으며 반야궁으로 향했다. 어느새 청화는 경찬의 곁에 찰싹 달라붙어 있었다.

일행은 준비한 암벽 등산 장비를 이용하여 두 개의 커다란 바위 절벽의 좁은 틈을 따라 아래로 20m쯤 내려갔다. 대 총관과 김청의의 몸이 절벽을 아주 가볍게 내려가는 것이 보였다. 무술인인 한원의 눈에는 그들이 마치 경공술을 부리는 것 같았다. 드디어 동굴 입구가 보이고 한참을 더 들어가 반야궁으로 들어갔다.

영적 결사대

반야궁의 강당에 여러 궁도인들이 모여 있다. 개운조사는 강당 단상의 좌석에 앉아 객석에 앉아 있는 궁도인들을 바라보고 있었다. 곧 환 대사가 강연대 앞에 서서 강연할 예정이다. 혜설과 청화를 비롯하여 일명, 조석, 한원, 연철 모두 모여 앉아 있다. 객석에는 또한 몽체(夢體)로 입장하여 강의를 듣는 영들도 많이 있다. 다음은 그 요지다.[3]

"우주는 주기를 이루어 운행되고 있다. 현상계, 그 위로 성광계, 인과계, 심식계 및 잠의계를 아우르는 하부우주에서 한 주기를 운행하면 4,320,000년이 걸린다. 그러나 의식의 상태에 따라 5,000,000년 내지 6,000,000년이 걸릴 수도 있다. 이 큰 주기는 다시 네 개의 기간으로 구분되는데 소위 우주의 춘하추동 또는 금은동철의 시대이다. 베다에서는 이를 유가(Yuga) 또는 칼파(Kalpa)라고 한다. 춘절기는 4,320,000년의 4/10인 1,728,000년, 이하 수가 감소하며 하절기는 3/10인 1,296,000년, 추절기는 2/10인 864,000년, 끝으로 동절기는 1/10인 432,000년이다.

"현재 우리는 동절기에 살고 있는데 대략 기원전 3,100년부터 시작되었다. 네 절기 중 가장 타락한 시기이며 사기, 협잡, 교활, 폭력, 사악함이 난무하는 시기이다. 동절기 안에서도 다시 크고 작은 순환 주기들이 무수히 많다. 그중 12 궁도를 그리는 크고 작은 주기가 그러한 예이다. 1년은 12개월이며, 12년인 하나의 소주기가 12번 순환하면 또 하나의 더 큰 주기가 된다. 그래서 총 144년이 되는데 원래 인간의 수명이다. 현대인은 압박, 긴장, 오염 등으로 인하여 수명이 줄어든 것이다. 인간도 우주로부터 영향을 받아 여러 주기를 겪으며 사는데, 모든 생의 배후에는 추상적인 설계가 있다.

"인류는 크게 홍, 흑, 백, 황의 4대 인종으로 분류된다. 지금 지구는 백인종의 시대에서 황인종의 시대로 전환되어 있다. 우주의 시운이 이에 맞추어진 것이다. 우리는 이 황백전환의 기회를 반드시 붙잡아야 한다.

"지구상에서 백인종이 일군 서구 문명은 놀라운 물질문명을 발전시켰다. 그러나 무모하게 핵무기 등의 가공할 만한 무기를 개발하여 엄청난 힘을 보유하게 되었다. 인류는 사랑보다는 이러한 힘이 더 위대하다는 환상에 빠졌다. 이 지구의 역사상 과연 평화가 정착된 적이 얼마나 있었는가? 인류는 결국 핵무기라는 자기 괴멸의 무기를 머리에 이고 불안에 떨며 사는 비참한 처지에 빠졌다. 이 물질문명은 그동안 자연과 인간에게 너무 오만했다. 자연은 파괴되고 인간은 피폐해졌다. 지금 방사능 오염과 기후변화는 인류의 삶을 위협하고 있다.

"이 황백전환의 시대에 인류를 구할 자는 우리 한민족이다. 나는 전

우주를 관장하는 임무를 맡고 있지만, 바로 이러한 이유로 오늘 여러분 앞에 있는 것이다. 더 이상 세계가 암흑에 빠지지 않도록 막아야 한다. 우리는 홍익인간의 이념을 잘 간직하고 있다. 널리 이 숭고한 이념을 펼치기 위해 우리는 1만 년 동안 수난을 견디며 살아왔다. 이제 때가 왔다. 분연히 일어서야 한다.

"현재의 중국인들이 그런 일을 할 수 있을까? 아니다. 원래 중국은 동이 배달 지역에서 주나라라는 싹으로 자라기 시작했는데 이후 이합집산을 거듭해 왔다. 사실 실체를 알 수 없는 한족이라는 종족이 세운 나라는 한, 송, 명 정도이며 큰 나라를 건설한 적은 없다. 진, 수, 당, 원, 청은 북방 민족의 것이다. 오늘의 중국은 청의 강역을 운좋게 고스란히 물려받았을 뿐이다. 역사의 주기로 보면 이제 중국은 분리의 시기에 접어들어 소수민족연합이 해체되고 소국으로 전락할 것이다.

"지금 중국은 경제적인 이유로 미국과 잠시 서로 적대적인 공생을 하고는 있지만, 세계에 대한 패권을 놓고는 첨예하게 대립하고 있다. 곳곳에서 서로 갈등이 고조되고 언젠가는 이것이 돌발적인 전쟁으로 번질 소지가 다분하다. 대만이 한 촉진제가 될지도 모른다. 전쟁광인 러시아를 보라. 그런 나라에서 무슨 희망이 보이겠는가? 독재주의, 사회주의는 결국 경제문제로 인하여 쇠락하고 말 것이다. 이것은 중국도 마찬가지이다. 이들 나라는 언제라도 전세를 뒤집으려고 핵무기를 만지작거릴 것이다. 여차하면 전쟁이 벌어질 것이다.

“우리의 최대 동맹국이며 보호국이라 할 수 있는 미국을 보자. 다시 자국우선주의를 취하면서 자신에게 유리한 정책만을 내세우고 우리를 포함하여 주변국에 피해를 가중하고 있다. 최근 우리 정부 수반의 집무실을 도청하고, 우리에게 무기를 팔아 엄청난 돈을 챙기고, 우리 기업의 어마어마한 투자에도 오히려 불이익을 주는 나라가 되었다. 가장 친한 동맹인지 의심스럽지 않았는가? 그러나 악영향은 돌아오는 것이다. 이로 인하여 국제공조 관계가 흔들리면 맹주국의 지위가 얼마나 유지되겠는가?

“미국은 FBI나 CIA를 통하여 약소국의 지도자를 꼭두각시로 만든다. 행여 어느 나라의 지도자가 말을 잘 안 들으면 다른 대체자를 찾아 권력을 쥐게 해 준다. 그자는 기꺼이 꼭두각시가 된다. 지난번에 우리는 이런 일을 보지 않았는가? 그 오만한 소인배는 자신의 사욕에 눈이 멀어 대의를 저버린 것이다. 일본이 미국의 의지에 비위를 맞추기 위해 어떻게 그 대체자를 옴짝달싹하지 못하게 낚았는지 잘 기억할 것이다. 그걸로 자기들의 실속은 차릴 대로 다 차렸다. 어떻게든 전쟁 가능국이 되려고 온갖 술수를 다 부린다. 이런 나라에서 무슨 희망을 찾을 수 있겠는가? 미국은 패권 다툼을 위해 앞잡이 일본이 방사능 오염수를 주변국과의 공동 우물에 쏟아 내는데도 실눈만 뜨고 봐주고 있다. 이제 일본은 그 지은 죄가 너무 깊어 해저 침수라는 중벌을 받을 것이다.

“무엇보다 현재 미국, 중국, 일본은 아주 심각한 금융위기에 처해 있다. 이들 국가는 이 문제를 겪는 동안 기나긴 암흑의 굴을 통과해야만 할 것이다. 이에 반해 한국은 수년 전 불어닥친 외환위기를 최단 시간에 벗어난 위대한 극복의 역사를 기록하였다. 이러한 능력으로 한국은 어떤 경제위기가 오더라도 이겨 내고 부상할 수 있다.

"경제침체는 돌발적인 위기 요인으로 발생할 수도 있다. '코메로스'라는 전염병이 그 한 예이다. 여기에 인간이 막을 수 없는 자연재해도 있다. 불행하게도 앞으로 금세기 중반에 들어 지구의 곳곳에서 물이나 불에 의해서 파괴가 일어날 것이다. 지구 주변의 행성에서 역병이 침입하여 수많은 사람의 목숨을 앗아갈 것이다. 곳곳에서 지진이나 화산폭발로 대지에 격변이 생겨 가라앉거나 솟아날 것이다. 해일로 인하여 각 대륙의 해안들이 침수될 것이다.

"제3차 대전이 발발할지도 모른다. 인간들이 스스로 지은 업의 결과이다. 원치 않게 우리는 한·미·일로 엮여 북·중·러와 대립하고 중국과 대만 사이의 전쟁에 말려들 소지가 있다. 미국을 뒷배로 일본이 러시아와 영토분쟁을 일으킬 때 동해의 독도가 휩싸이며 우리가 말려들 수도 있다. 우리 영성인의 과제는 앞으로 여하히 이 전쟁을 막느냐 하는 것이다. 그러나 업이 쌓여 굳어지면 역사의 흐름이 밀려와 아마 막을 수 없을지도 모른다. 우주의 동절기는 고난의 시기다. 그러나 우리는 반드시 한민족을 보호하여 생존하도록 해야 한다. 앞으로 홍익인간의 이념으로 세계를 주도할 수 있는 민족이기 때문이다.

"그러기 위해서는 핵무기에 대한 적극적인 방어 전략이 필요하다. 다음으로 남북의 통일이 중대한 과제가 된다. 이제 우리 반야궁도인은 영적인 결의를 더 강화하고, 이 두 가지 과제가 성공적으로 이루어지는 것을 도울 수 있도록 모든 지혜를 모아야 할 것이다."

연개소문과 김춘추

2024년 2월 반야궁 모임 이후, 반야궁의 바깥에서 활동하는 요원들과 궁내에서 수행하는 요원들은 지리산 영적 결사를 더 강화하고 다가오는 미래를 위해 일의 조짐, 흐름 및 여러 가지 사태를 주시하고 경계하기로 했다.

“중국, 러시아, 미국 등 각국의 영적 단체는 종종 서로 눈에 보이지 않게 사투를 벌이죠. 미국의 CIA 심령술사 조직이나, 중국의 기공사 엄신 계열의 심령술사 조직, 러시아의 군부 심령술사 조직이에요. 이외에 일본도 이러한 조직을 운영하고요. 여기에 원격투시자들이 속해 있죠.”

미국은 그 조직이 폐지되었다고는 하나 CIA가 여전히 그 존재를 숨기며 유지해 오고 있다.

“우리가 북한 핵무기를 무력화한 이후 이제 이들 강대국도 타국의 핵무기 무력화를 시도하거나 자국의 핵무기 무력화를 막기 위해서 치열하게 싸울 거예요.”

이러한 국가 간 영적 단체의 각축전은 지상에서보다 영계에서 더욱 치열하게 벌어진다. 황인종 시대를 맞이하여 한국은 앞으로 중국과의 쟁투에서 반드시 승리해야 한다. 또한 미국의 손아귀에서도 벗어나야 한다. 그러나 중국이나 미국의 심령단체들의 힘도 막강해서 언제까지 지리산 영적 결사대가 우위를 차지하리라고는 장담할 수 없다.

지리산 반야궁에서 영적 전사들을 양성하는 동안 궁 밖에서 한원, 조석, 연철, 일명 일행도 환으로부터 외면과 내면에서 가르침을 받는다. 환은 각각의 개성과 소질에 따라 가르침을 펼친다. 이들은 반야궁에 한 달에 한 번 입궁하여 단체모임을 갖고 수련한다. 그리고 밖에서 평소 각각 개인 수련을 하면서 틈틈이 한원의 회사에 마련된 도장에 모여 수련하고 있다. 뜻을 같이하는 새로운 요원들도 속속 모여들어 합세하고 있다. 이들 지리산 영적 전사들이 외국의 심령세력에 맞서 사투를 벌일 것이다.

한원은 직관적, 직선적이며 투사의 의지와 결단력을 가지고 있다. 그를 따르는 조석 역시 투사의 전형이며 충직한 성격이다. 한원은 오래전 회사의 명예회장이 되자 대부업계에서 완전히 손을 떼고 회사를 돕고 있다.

연철은 깊은 통찰력으로 더 넓고 깊은 지식을 갖춘다. 앞으로 한국의 역할이 커 감에 따라 지도력을 발휘할 상황에 대비하여 천록궁도의 영적 수련에 정진한다. 그는 산과 경찬이 반야궁에 입궁하기 전 스타콘다 전자에서 나와 변호사로 개업했다.

일명은 언론인으로서 뛰어난 안목을 가지고 현상과 사건을 정확하게 관찰, 분석하여 일반에게 올바른 판단을 제시한다. 대학 시절에는 대학신문 편집자로서 사설을 쓰기도 했다. 이후 K-언론사에서 활동하며 특종을 터트렸다가 불의의 사고를 당하고 잠시 쉬었다. 몇 년 전 한 독립언론사에 입사하여 활동하고 있다. 한국의 미래를 위해 천록궁도의 영적 수련에 정진한다.

연철과 일명은 주요 과제 중 한중문제, 한일문제에 대한 해법을 모색한다. 무엇보다 뿌리 깊은 역사 왜곡 문제를 바로잡고 우리 배달 동이의 진정한 역사를 회복하고자 한다. 중국은 사마천의 『사기』 이래 역사를 왜곡하여 오늘날의 동북공정에 이르렀고, 일본은 『일본서기』 이래 역사를 왜곡하여 오늘날에도 일제가 깊이 심어 놓은 식민사관이 걷히지 않고 있다. 이들의 영적 능력으로 인록궁의 기록을 참고하여 올바른 역사를 구현할 것이다.

그들은 남북문제에 대하여 더 많은 관심을 집중한다. 통일을 준비하는 과정에서 그리고 통일 후에 대두되는 여러 과제를 해결할 방안들을 준비하고 제시하고자 한다. 이어 그들은 해묵은 동서 간의 갈등 및 통일의 과정이나 그 이후에 도래할 남북 간의 갈등을 해소하는 방안을 연구하고 제시할 것이다. 좌우 사이의 이념대립을 넘어 하나의 공통된 의식으로 갈등 집단을 결합하는 노력을 기울일 것이다. 이후 배달 동이의 홍익인간과 제세이화 이념을 널리 펴며 세계를 선도해 나갈 것이다.

***

어느 토요일 오전 일행이 한원의 도장에 모여 수련을 마치고 빙 둘러앉아 녹차를 내려 마시고 있다. 이후 배달시킨 음식을 먹어 가며 일행이 이야기를 나누다가 우리나라의 번영을 가로막는 난제 중의 하나인 동서 지역 간의 갈등, 분열을 이해하고 이를 치유할 방안이 필요하다는 것에 의견이 모인다.

우선 그 유래를 알아보기로 한다. 먼저 박식한 기자 일명이 입을 뗀다.

"옛날부터 내부 요인으로 망한 나라가 아주 많아요. 그 흔한 예는 이런 거예요. 한 영웅이 절치부심 힘을 길러 나라를 괴롭히던 적국을 치고자 전쟁터의 선봉에 서서 목숨을 걸고 싸우고 있어요. 근데 후방에서는 한 소인배가 사욕에 사로잡혀 반란을 일으켜 정권을 탈취해 버리는 거죠. 더 가증스러운 것은 이자가 적국과 거래하여 속국이 되마 약속해 주고 자신의 안위를 보장받는 거예요. 전쟁터의 그 영웅은 날개가 꺾여 힘을 잃어버리고, 나라는 영영 속국이라는 굴레를 벗어날 수 없게 되는 거죠."

"그 소인배와 일당은 호가호의호식 하고."

"뭐, 다 그런 거 아니야?"

"이와 비슷한 다양한 변이형들이 인간사나 정치사를 이루어 왔던 거죠."

"그러고 보니 조선이 망한 것도 이와 비슷하지 않아? 친일 세력이 을사늑약 맺어 나라를 넘겨주고 자신들만 누렸잖아."

"그렇게 일본의 속국이 되어 지내다 해방 후에는 나라가 두 쪽으로 갈라

지고, 남한에서는 다시 친일파가 득세하여 오히려 해외에서 온갖 고난을 무릅쓰고 독립운동을 하던 사람들은 박해하고 죽이고, 그리고 이번에는 미국의 속국이 되었죠."

"백범 김구가 생각나네!"

"안타까운 일이야. 최근에도 이와 유사한 일이 양상을 달리하여 벌어진 거 같은데 말이야. 현대나 조선만이 아니라 그 이전에도 그랬겠지?"

"네, 고대로 거슬러 올라가 고구려나 백제도 내부 분열로 망했죠. 고구려는 연개소문의 세 아들들이 서로 권력다툼을 하다가 그랬고, 백제 의자왕도 충신 성충과 홍수를 죽이는 등 대신들 간에 분열을 일으켜 결국 망한 거죠.[4] 이후 통일신라, 후백제, 고려 모두 근본적으로 내부 분열로 인하여 망한 거라 해도 과언이 아닐 겁니다."

"그게 인간 사회 집단의 속성인가? 욕심을 부려 서로 대립하고 권력을 탐하는 거 말이야."

"이제는 역사를 통해 교훈을 얻었으면 좋겠어요."

"그래!"

"저는 지금 우리의 현실에서 먼 옛날 연개소문의 구상을 떠올려 봅니다."

"……?"

* * *

때는 고구려, 백제, 신라 삼국이 치열하게 물고 물리는 싸움을 진행하고 있던 7세기 중반 무렵이다. 642년 초겨울, 고구려 연개소문의 집으로 신라의 김춘추가 사신으로 찾아왔다. 백제를 물리치려고 고구려에 원병을 청하기 위해서다.

"어서 오시오, 춘추 공! 오시느라 노고가 많았소."

"안녕하신지요? 막리지! 오랫동안 공을 흠모해 왔습니다. 이렇게 만나 뵈어 영광입니다."

"허허허! 잘 오셨소. 누추하지만 이 집에서 며칠 편히 쉬었다 가시오." 연개소문이 김춘추의 얼굴에 쓰인 고민을 훤히 읽고 그를 넌지시 바라본다.

"고맙소이다, 막리지." 김춘추가 그의 눈길을 피할 겸 고개를 숙여 응답한다.

"하하하! 오늘은 여독을 푸시고 내일 얘기하기로 하지요." 연개소문이 김춘추의 다급한 마음을 모르는 척 회담을 늦추어 버린다.

사실 신라는 의자왕의 백제를 물리칠 힘이 없어서 김춘추가 사신을 자청하여 여기에 온 것이다. 연개소문이 이를 모르는 것은 아니지만 먼저 그의 마음을 되돌리고 싶었다. 개소문은 삼국이 동족상잔을 하는 것보다는 당나라를 공동의 적으로 하여 싸우는 것이 낫다고 생각했다.

당시 상황은 554년 백제가 관산성 전투에서 신라에 패했는데 이때 성왕이 살해당해 왕의 수급이 신라 북쪽 관청의 계단 아래에 묻히게 되었다. 이로 인해 백제의 신라에 대한 적대감은 극에 달했다. 이후 642년 대야성 전투에서 춘추의 딸과 사위 김품석이 백제와의 전투에서 살해당했는데 그 사위의 머리가 백제 감옥 바닥에 묻히게 되었다. 이에 춘추는 깊은 원한을 품었다.

다음 날 개소문과 춘추가 마주한다.

"막리지, 우리와 동맹을 맺고 백제를 칩시다." 춘추가 제안했다.

"좋소, 그럼 원래 우리 땅인 죽령 이북을 돌려주시오." 개소문이 춘추가 수락할 수 없는 조건을 내건다.

"그건 저의 권한 밖입니다, 막리지." 춘추가 거절할 수밖에 없다.

"그럼, 날씨도 추운데 하루 더 묵고 가시오." 개소문이 춘추를 잡아 둔다.

다음 날 개소문이 춘추에게 권한다.

"이보시오, 춘추 공! 귀국과 백제는 서로 피장파장이 아니오? 사실 신라가 먼저 더 심했던 거 아니오? 차라리 우리 핏줄이 같은 삼국 겨레가 한데 힘을 모아 당을 쳐부수는 것이 어떻겠소? 승리하여 그 영토를 나누어 다스리면 이 아니 좋지 않겠소?"[5]

그는 이미 백제의 상좌평인 성충과 서로 병존하자는 약속을 해 놓은 상태이다.

"백제는 나의 딸과 사위를 죽인 불구대천의 원수입니다!"

"춘추 공, 공의 마음은 이해가 가나 부디 사사로운 원한은 거두시기 바라오. 실은 공의 사위와 딸은 배반한 신라의 부하가 죽인 것이 아니오? 그러니 차라리 우리 삼국이 함께 힘을 모아 저 불순하고 도의를 모르는 당나라 놈들을 무찌릅시다."

"막리지, 어찌 됐든 저는 백제와는 상종할 수 없습니다."

"으음, 그럼 모처럼 여기에 오셨으니 하루만 더 쉬다 가시오." 개소문이 행여 내일이면 춘추의 완강함이 조금이라도 누그러질까 하여 그를 하루 더 잡아 놓는다.

연개소문이 다음 날에도 춘추에게 그의 제안을 권해 본다. 하지만 김춘추는 끝내 거절하고 만다.

"그렇게 할 수 없소이다, 막리지. 대신 제가 본국에 돌아가면 죽령 이북의 땅을 돌려드리도록 반드시 설득하겠습니다.”

개소문에게 춘추가 탈출하려고 용궁에 간 토끼의 간계를 흉내 내는 것이 훤히 내다보인다. 연개소문이 장탄식을 내쉰다. 그와 같은 영웅이 어찌 사신의 목을 취하겠는가!

“알겠소. 공께서 정 그러하시다면 하는 수 없지요. 그럼 잘 살펴 가시오.” 개소문이 돌아가는 춘추의 등을 바라보며 길게 혀를 찬다.

이후 김춘추는 당으로 가 이세민과 동맹을 맺어 나당 연합군은 결국 고구려와 백제를 멸망시킨다. 두 나라는 내부 분열로 약화되어 멸망을 자초하였고, 그 결과 삼국이 차지했던 강역은, 나당이 약속한 대로, 대동강 이남으로 축소되고 말았다. 역사는 이를 두고 신라가 삼국을 통일했다고 한다. 그러나 더 맞게 말하자면 고구려를 당에 버리고 신라가 백제를 병합한 사건이 아니었을까?

* * *

일명의 이야기를 듣고 연철이 말한다.

“그때 김춘추가 연개소문의 제안을 받아들였다면 어땠을까?”

“아마 당나라를 이겼을 수도 있겠지요.”

"그렇지만 그 이후에도 삼국 사이에는 전쟁이 끊이지 않았을 거야."

"그랬을 거예요. 그래도 삼국이 서로 각축을 벌이면서도 그 전체 강역은 그대로 유지되지 않았을까요?"

"그랬겠지. 어쩌면 고구려가 백제와 손을 잡고 신라를 쳐 합병한 다음 당을 쳤거나 신라와 손을 잡고 백제를 합병한 다음 당을 쳐부수었을지도 모르지. 그래서 아쉬움이 많이 남는 거지."

"무엇보다 신라가 당나라라는 외세를 끌어들인 것은 두고두고 뼈아픈 부분이에요."

"그래."

"삼국 전쟁 후 고구려 유민들은 나라를 잃고 곳곳으로 흩어져 온갖 고통과 설움을 겪으며 유랑했지."

"뭐, 이후 발해가 그 빈자리를 어느 정도 채우기는 했지만, 고구려의 옛 영토는 영영 사라진 것이죠."

"백제는 어떻게 됐지?"

"전쟁에 승리하였으니 백제라면 이를 갈던 김춘추가 어떻게 했겠어요? 백제의 역사는요, 남아 있지도 않아요. 패자의 역사는 기록되지 않잖아요."

“어쩌면 오늘날의 동서 갈등의 뿌리가 그때로 거슬러 올라갈 수 있겠네.”

“음, 그럴지도 모르겠어요. 약 1,400년 전까지요.”

“백제인들로서는 천년의 한이 쌓였겠구먼.”

“전 당시의 상황이 어쩐지 요즈음의 정세와 비슷하게 여겨져요. 북한이 고구려의 옛 한반도 영토를 차지하였는데, 남한은 북한과 대립하고 또 남한은 내부가 분열되어 있잖아요? 그리고 남한은 미국이라는 외세에 의존하고 있고요. 그리고 이전 정권은 더 나아가 일본에 의존하기까지 했죠.”

“그렇구먼! 신라도 통일 후 당나라와 사이가 틀어져 일본과 손을 잡은 적도 있었지. 역사는 되풀이된다고 하더니 정말 그런 거 같네.”

“그런데 오늘날의 동서 갈등은 영남과 호남 간의 것이라고 알려져 있는데 이건 옛날의 신라와 백제 간의 것은 아니잖아? 내 말은 말이야, 경기 지역은 초기 백제의 지역이었지만 이후 고구려나 신라의 영역이기도 했으니 차치하고라도, 이후 백제의 중심 지역이었던 충청은 왜 오늘의 동서 갈등에서 제외된 것처럼 여겨지는 거냐고?”

“뭐, 오랜 세월을 거쳐 현대로 오면서 양상이 변했겠죠. 사실 백제부흥운동은 주로 오늘의 충남과 전북 지역에서 일어났다는 말이에요. 그리고 충청, 호남 두 지역이 고려와 조선에서는 통일이 되었잖아요. 그래서 역사적 사실과 오늘의 영호남 갈등을 연관 짓기에는 뭔가 괴리가 있어요.

뭐, '영남은 신라'라고 단순화해도 그렇게 벗어나지는 않지만, 호남이 백제를 온전하게 대표하는 것은 아니죠. 그래서 호남이 어떻게 갈등 지역으로 고립되었는지는 좀 더 면밀하게 살펴봐야 할 거 같아요."

"그래, 고려 왕건의 훈요십조 8조의 해석으로 동서 갈등이 조장되기도 했지. '차현(車峴) 이남과 공주강(公州江) 외(外)'의 지역 출신을 정계에서 배제한다는 거 말이야."

"네, 조선의 성호 이익이 이 문제의 지역을 엉뚱하게 후백제라고 특정하여 시작됐죠."

"사실 '차현 이남과 공주강 외'라는 지역은, 성호를 따라 '차현이 차령(車嶺)이고 공주강이 금강(錦江)'이라 해도, 이 외(外)를 남(南)으로 보면 백제의 중심지인 공주, 부여 지역이 맞지 않겠어요? 여기에 후백제의 근거지인 전주 지역이 좀 멀기는 하지만 추가될 수는 있겠지요. 그런데 견훤의 후백제는 오늘의 전주, 광주를 중심으로 한 호남 지역이기는 하나 당시 나주를 중심으로 하는 전남의 서남부지역은 오히려 왕건을 지지했었죠. 달리 그 외(外)를 북(北)으로 보고 그 문제의 지역을 궁예의 지역이었던 충주라고 특정하기도 하죠. 다 차치하고요, 그 8조 자체가 위조라는 주장이 더 인정받고 있어요."

"그래서 역사의 어느 시점에서 배타 지역을 호남 지역으로 제한하려는 어떤 악의적 의도가 있었다고 봐요."

"조선 중기에 경기, 충청이 서인 집단을 이루고 호남이 따로 사림을 형성하기는 했었죠."

"그런 이유였을까? 당파싸움 같은 거 말이야?"

"사실 조선 시대에는 호남 사람들이 수난을 당하는 사건들이 많았어요. 한 예로, 전주 출신 정여립의 기축옥사 사건으로 1,000여 명의 동인들이 서인에 의해 유배나 사형에 처해졌죠. 그래서 호남은 소외되고 그 선비들은 벼슬길이 막혔던 거죠."

"이 사건으로 호남이 충청과 분리되기는 했지만, 이 옥사에 같은 동인인 영남 유림도 포함되어 있으니 영호남 갈등과는 무관한 거 아닌가?"

"네, 맞긴 맞아요. 그래도 주동자가 전주 사람이고 보니 전라도 사람의 희생이 가장 컸었죠."

"동인 중 희생된 자들은 북인이었죠. 그래서 이후 대립은 영남의 남인과 서인의 노론 사이의 것이었는데, 당시 노론의 수장이 충청의 송시열이었죠."

"그런데 이후에 동학농민혁명에 참여한 수많은 호남 사람들을 일본군이 들어와서 집중적으로 토벌 작전을 벌여 학살하죠. 이어 을사늑약 이후에도 의병 전투에 나선 호남 사람들을 토벌하여 수없이 죽였어요. 그래서 반일 감정이 가장 강했던 호남을 악의적으로 차별하게 된 거예요."

"그럼 일제가 그런 짓을 조장한 거네?"

"그렇다고 봐야겠죠."

"여기에 다시 식민사학자 이병도가 성호 이익의 해석을 이어받아 훈요십조 8조의 배타 지역을 호남이라고 특정하여 그릇된 인식을 굳혔죠."

"해방 이후에도 1948년 10월 19일 여수 지역 소재 국군 제14연대의 사람들이 제주 4.3 항쟁 인민들을 토벌하라는 육군사령부의 명령을 거부하는 사건이 벌어졌죠. 부당한 동족상잔에 결사반대한다는 이유였이요. 이에 14연대 봉기군은 토벌의 대상이 되었고, 여기에 휘말린 여수, 순천 지역의 민중이 그들에게 가해지는 가혹한 국가적 폭력에 저항할 수밖에 없었는데, 군경은 무려 15,000명 이상을 부역자로 몰아 학살하는 만행을 저질렀죠.[6]

"당시 이승만 정부는 이 사건을 반란이라 규정했고, 제주도인들처럼, 전라도인들에게 실상과 다르게 소위 '빨갱이'라는 낙인을 찍었던 거죠. 이후 70여 년이 흘렀지만 그렇게 억울하게 찍힌 낙인은 아직도 잘 지워지지 않은 것 같아요."

"으음, 불행하게도 한번 그릇된 인식이 박히면 세대를 거치며 전해지고 뿌리가 내려 더 고착되는 것이지."

"네, 맞아요. 그런 인식을 벗겨 내기가 쉽지 않죠."

이때 연철이 갑자기 조석을 가리키며 말한다.

"저 자식은 지금도 나를 애송이라 불러요. 넌 뇌세척이 필요한 놈이야!"

"우하하하하!"

"에이, 뭐, 옛날 학창 시절의 추억이잖아. 나쁜 뜻은 절대로 아니야." 조석이 변명한다.

"하하하! 지금은 네가 그렇게 보여, 자식아!" 연철이 대꾸한다.

"하하하! 전생에서는 네가 나한테 못된 짓을 한 게 아닐까?" 조석이 비켜나가려 한다.

"워워! 지금 삼천포로 빠지고 있으니 유턴합시다!"

"하하하하!"

"현대에 와서는 산업화 시대 이래 지역갈등을 조장하여 정치적으로 이용한 측면이 있었지. 이 산업화는 영남에 집중했고 이로써 발생한 경제발전의 성과는 호남을 차별하고 소외시키는 방식으로 배분되고 이와 맞물려 정부나 기업의 인재 등용에서도 같은 양상을 보였지. 그러니 선거하면 늘 수적으로 우세한 영남이 열세인 호남을 누르고 정권을 쉽게 잡을 수 있었잖아. 뭐, 이건 역대 대통령들을 보면 바로 알 수 있는 거고."

"네, 참으로 비열한 분열 책략을 쓴 거죠."

"그 정권들이 자기들의 세력과 체제를 유지하기 위해서 반호남주의의 효과를 이용한 측면이 있는 거죠."

"자연히 비호남 지역은 알게 모르게 가해자 의식을 공유하게 되고 호남인은 사회구조적 차별의식을 갖게 되는 거고요."

"……!"

"정치 구조적인 면에서 한 가지 더 예를 든다면, 1990년 초 김영삼(PK)이 벌인 노태우(TK)와 김종필(충청) 간의 3당 합당 사건 이후 호남 지역은 비호남 지역과 구별되어 완전히 고립되었죠."[7]

"뭐, 이렇게 여러 요인이 쌓여 서쪽의 갈등 지역이 결국 호남으로 국한된 거 같아요."

"어떻게 보면 1980년 5.18 광주민중항쟁은 처음에 정의롭게 독재에 항거하기 위해 시작하였는데, 그 소외된 지역에서 일어나니 감히 그런 무자비한 학살을 자행하지는 않았나 하는 아픈 생각을 하지 않을 수 없어요."

"네, 40여 년이 지났는데 아직도 그 사건에 대하여 제대로 된 진상조사위원회 하나 발족시키지 못하는 현실이 너무 안타깝죠. 뭐, 세월이 흘러 먼 훗날에는 소위 야사가 돼 버리는 것이죠."

"열세에 놓인 자를 악마화하여 끝내 속죄양으로 만든 거지. 이건 반드시 짚고 넘어가야 할 우리 사회의 불편한 진실이야."

"뭐, '광주 5.18은 북한군 소행이다', '시민들은 폭도다'라는 그릇된 인식이 지금도 완전히 걷히지 않고 있어요."

"그래, 일단의 무리가 최근에도 당시 군인들의 무자비한 무력 진압을 공개적으로 옹호하기도 했잖아."

"다 망국적인 지역주의에 기반을 둔 거지."

"사실 우리나라의 두 거대 정당도 거기에 발을 붙이고 있는 게 아네요?"

"그래도 요즘은 많은 사람이 지금의 민주주의가 5.18 당시의 피의 대가라고 인식하기 시작하여 꽤 순화되지 않았나요?"

"그렇긴 하죠, 뭐, 외적으로는요. 그러나 여전히 우리나라 지역 정서에는 호남인들에 대한 부정적인 인식이 남아 있다고 봐요. 그런 차별적 지역주의 의식이 이제는 우리의 의식 구조에 깊이 내면화되어 여러 가지 다른 양상으로 나타난다는 거죠."

"우리 각자 자신 안에 문제의 차별의식이 있는지 스스로 점검해 볼 수 있을 것입니다."

* * *

호남사람에게는 사회구조적 차별에 의한 피해의식이 오랫동안 누적되어 마음속에 깊이 자리하고 있다. 이들은 문제의 차별을 의식하여 경계하며 신분을 잘 드러내지 않으려고 한다. 물론 개인이나 상황에 따라 정도의 차이는 있을 것이다.

처음 접하는데도 호남 출신이라는 이유로 미리 입력된 어떤 선입견이나 편견이 무의식적으로 씌워진다. 저 사람은 언젠가는 내가 우려하는 그런 일을 할 거라 믿으며 경계한다. 개인 간이나 회사의 취업이나 승진 면접에서 또는 새로 형성된 집단 등에서 이런 의식이 특정 지역 출신 사람에게 미묘하게 작용한다고 생각해 보라.

고등학교 시절에 지속적으로 학폭을 당했던 연철이 지역차별에 대하여 묘한 동병상련의 감정이 이는 것을 느낀다. 왕따로 보낸 우울하고 비참한 생활이 되살아난 것이다. 조석을 중심으로 한 그의 졸개들은 '직접적 가해자'다. 나머지 동급생들은 대부분 가해의식을 공유한 '잠재적 가해자'나 '방관적 가해자'다. 은근히 즐겼을지도 모르고 아마 패거리가 무서워 부당한 행위를 보고도 모른 체했을 것이다. 연철은 그 지옥에서 벗어나기 위하여 용기를 잃지 않고 노력하였다. 최상위권의 성적을 냄으로써 선생님들의 호의적인 관심을 집중적으로 받으면서 마침내 학폭의 표적에서 벗어날 수 있었다.

우리나라의 현 상황을 보아도 일본은 극우 정권을 통하여 한국에 대하여 여전히 식민지 지배의식을 유지하고 있다. 그 잔혹한 식민 통치에 대해 아직도 진정한 사과를 하지 않고 있다. 불행하게도 국내에 지금도 일본의 가학적 식민관에 동조하는 잠재적 가해자들이 있다. 매국적 친일파이다. 사대주의와 노예근성에 찌든 기득권자들과 그 추종자들이다. 이들은 반대 진영의 동족들에게는 가혹하기 이를 데 없다. 말하자면 자학적 가해자들이다.

***

누군가 웃으며 말한다.

“너무 호남 편에서만 이야기한 거 아녀?” 비난조로 들린다.

“하하하, 실상을 전하기 위한 것이었는데 좀 장황했죠? 문제는 호남인에 대한 차별의식이 사실에 근거한 것이 아니라 주로 정치적인 이유에서 비롯한 거라는 거예요.”

“우리 영적 결사대가 우리의 왜곡된 역사를 바로잡고 또 지역갈등을 치유하고 분열을 봉합하는 노력을 기울여야 하겠지요.”

“먼저 가해자가 이 차별의식을 거두면 좋겠지만, 근본적으로는 호남인들이 그 피해의식을 잘 극복해야겠죠.”

“……?”

"더 중요하게 이 연장선상에 바로 우리 한국이 주변 강대국의 속박에서 벗어나는 길이 놓여 있다는 거예요. 우리는 지금도 일본의 식민사관이나 중국의 동북공정사관을 완전히 걷어내지 못하고 있고 또 의식이 미국에 종속되어 있어요. 이 나라들이 먼저 스스로 알아서 반성하며 한국을 옥죄는 것을 멈출까요? 그럴 리가요. 그래서 앞의 이야기가 중요하다는 겁니다."

"……!"

"제가 일본에 세미나에 참석하러 간 적이 있었는데 일본인들의 혐한 정서가 깊이 내면화한 것을 알게 되었어요. 신주쿠에 있는 한 식당에서 일본인 참석자들과 섞여 저녁을 먹는 자리였는데 한 여성이 내 옆에서 아무렇지도 않게 일본의 사회악이 한국인 때문이라는 취지로 말을 하더라고요. 아, 정말, 직접 당해 보니 어처구니없고 참담한 기분이 들었어요." 누군가 실제 경험을 말한다.

"이제 의지를 갖고 그런 속박 의식에서 벗어나야지요."

"두려워하지 않고 용기를 발휘하면 자유로워지겠지요."

"우리 천록궁도를 수련하면 내면에서 빛과 소리를 접하여 증오, 악의, 질투, 편견 등의 부정적인 파장을 중화시키고 그럼으로써 자신을 보호하고 극복할 수 있는데 말이야."

"이제 남한은 북한에 대해서도 같은 겨레라는 인식을 재인식하여 적대적인 태도를 버리고 어떻게 하면 평화로운 관계를 유지할 수 있을지 모색해야 합니다. 그래야만 장차 통일로 가는 길이 열릴 것입니다."

"이건 바로 연개소문의 구상인데? 이제 김춘추의 마음은 과감하게 떨쳐버려야 하겠지!"

"당신은 연개소문입니까? 아니면 김춘추입니까?"

"근데 연개소문을 빨갱이라고 하면 어쩌죠?"

"하하하하! 1,400여 년 전의?"

"그래서 우리 지리산 영적 결사대가 앞장서는 거 아니야?"

"그럼 너희들은 주사파!"

"하하하하! 기원전부터?"

"연철과 일명이 고생 좀 하겠구먼, 그런 사람들 치료하려면 말이야!"

"하하하하!"

반야궁 출궁

2027년 2월 5일 금요일.

지리산 반야봉 아래로 차가운 겨울바람이 분다. 봉우리에서 중봉에 이르기까지 곳곳이 흰 눈에 덮여 있다. 산, 경찬, 혜설, 청화 네 명의 젊은이가 반야궁에서 출궁하는 날이다. 지상의 시간으로 만 3년이 지났다. 궁에서 나와 동굴 입구에 다다르니 사늘한 기운이 코끝에 스며들기 시작한다. 이제 다시 외부의 속세로 돌아가는 것을 느끼게 해 준다. 대 총관이 그의 남녀 보좌인 2명을 동반하여 일행을 배웅한다. 동굴 밖의 산속 공터에 이르렀다.

대 총관이 작별의 인사를 한다. 그의 은은한 눈빛이 일행을 응시한다.

"다들 안녕히 가시오. 그리고 항상 빛과 소리를 접하시오."

경찬이 일행을 대신하여 인사한다.

"총관님, 그동안 돌봐주셔서 감사합니다. 이렇게 서로 떨어지게 되지만 내면에서는 항상 곁에 계실 줄로 믿습니다. 안녕히 계십시오." 일행도 같이 고개를 숙인다.

두 보좌원이 말없이 팔을 들어 흔든다. 청화도 자꾸 뒤돌아보며 두 팔을 들어 흔들며 이들과 작별을 나눈다.

"오빠와 내가 동굴 방에서 폐관 수련할 때 보양식도 가져다주고 우리를 돌봐주었던 분들이야." 청화가 산과 혜설에게 말한다.

산과 혜설도 그들에게 두 팔을 들어 고마움을 표시한다.

"산 오빠와 언니가 성록궁에 가 있을 때 의무실에 남아 있는 몸을 잘 돌봐 주셨어."

"그리고 성록궁에서 반야궁에 돌아와 다시 육신을 껴입고 회복하는 데 처음 미음부터 다음 단계로 죽에 이르기까지 신경을 많이 써 주셨지." 혜설이 말한다.

일행은 그동안 궁에서 지내면서 영기와 높은 진동이 누적되어 그들의 몸은 더 생기에 넘치고 젊어 보인다. 이윽고 일행이 숲속으로 사라진다. 차가운 하늘 하얀 뭉게구름이 정처 없이 어디론가 흘러간다. 그들의 만남과 헤어짐도 이 구름마냥 무상하다. 일행은 먼저 운봉에 있는 스승 환의 집으로 향했다. 스승을 뵙고 거기에 와 있을 다른 동료들과 만날 것이다. 그러나 인원이 조금 많아 스승의 거처에서는 묵을 수 없다. 부근에 예약해 둔 호텔에서 머물고 서울로 향할 것이다.

저녁에 모두 한 식당의 별실에 모여 자리를 잡았다. 한원이 먼저 출궁한 이들에게 덕담을 보낸다.

“어이, 그동안 모두 고생했어! 출궁을 환영하네.”

“근데 얼굴이 다들 환해졌어. 하나도 고생하지 않은 것 같은데?” 조석이 슬쩍 놀려 본다.

“그러네에! 더 젊어진 거 같아! 반야궁에서 놀기만 했나?” 일명도 거든다.

“아, 그곳은 외부 세상보다 진동수가 조금 높거든요.” 청화가 징공법으로 바로 답해 준다.

이때 식당 점원이 주문을 받으러 오자 연철이 청화의 답을 제치고 다시 놀리려고 이 기회를 살려 음식을 추천한다.

“우리가 두부를 준비하지 못하였으니 자네들은 순두부찌개라도 먹어야지?”

“하하하하!”

“두 부부 동반 출옥 기념으로 말이야!”

“우하하하하!”

“에이, 부부라뇨!”

"하하하하!"

식사 후 일동은 호텔로 돌아와 작은 회의실에서 차를 마시며 오랜만의 재회를 즐긴다. 산 일행이 반야궁에 입궁하여 출궁하기까지 지상의 시간으로 만 3년이 지났다.

"원래 한 30년 후에야 나오는 줄 알고 있었는데 어떻게 된 거야?" 한원이 묻는다.

"네, 뭐, 원칙은 허락 없이 타인의 아카식 기록을 읽으면 영적 법칙 위반이라는 거예요. 우리가 영적 진화를 함에 따라 자유를 더 갖게 되니, 이에 따라 타인에게도 자유를 더 주어야 하겠지요. 그래서 타인에 대한 간섭을 줄여야 할 것이고요." 산이 그 배경을 설명해 준다.

"그래서 우주의 대도인이신 환 스승님이 자네들의 업을 검닐한(儉昵汗)에게 맡겨 관장하게 하지 않고 직접 맡아 반야궁과 성록궁에 입궁시키신 거겠지." 연철이 거든다.

"스승님이 그런 식으로 업을 치르게 한 것은 자네들이 지상에서 헛되이 반작용의 영향을 겪게 하지 않으려 하신 거지." 일행도 아는 것이지만 일명이 다시 상기한다. "오래전 제자인 최제우가 무지한 세력에 의해 참형당했을 때 참담한 고통을 느꼈다고 하셨어. 그래서 그 싹을 미리 없애 버리려고 하신 거지."

"천록궁도에서 영적인 추구를 하기 위해 한 제자가 자신을 대스승에게 맡기면 그의 업은 상당한 정도로 변하고 운명도 바뀌게 돼요. 이것은 전적으로 스승의 의지에 달린 것이고요. 이제 스승은 그의 '업의 군주'가 되지요. 그 제자의 업을 배열하고 조절하여 처리하는 권한을 가진다는 겁니다. 이러한 업의 재조정을 통해 핵심적인 인과관계를 골라 최적으로 최단기에 해소하는 것이지요." 산이 말한다.

"그래도, 만 3년 만에 나왔으니 망정이지, 만약 30년 후에 나왔다면 아마 우리는 골골하는 노인들이 되어 있었을 거야, 하하하."

"그러게요, 하하하."

산이 말을 잇는다.

"저희가 인록궁의 아카식 기록을 재생하여 공개한 것은 사실 우리 역사의 흐름을 크게 뒤바꾸는 것은 아니었다고 생각해요."

"그래, 당시 대통령과 그 일당들은 정권을 농락하고 있었지. 그때 그들의 배후에서 사이비 종교인들과 주술사들이 활개를 쳤었고. 그래서 급속도로 세상이 끝없이 하락하기 시작했지." 조석이 당시를 상기해 준다.

"실제로 그 대통령 정권에 대한 국민 여론이 극히 악화하고 있었으니까."

"문제의 아카식 기록 폭로 이후에도 정치적 실정이 연속되었고, 이에 온 국민이 저항하며 대통령의 퇴진에 이은 탄핵 시위를 외쳤지."

산이 의견을 말한다.

"일반적으로 업의 패턴에 심각한 영향을 미치면 업의 법칙을 위반하는 것이라 보겠지만, 당시의 정치적 상황과 국민의 반응에 비추어 보아, 그 자료 폭로가 업의 패턴을 뒤엎어 역사의 큰 흐름을 역전시키는 것은 아니었다고 봐요."

"당시의 온 국민의 저항이 말해 주듯이 업의 법칙은 필연적으로 그 부정적 세력에 대한 반작용을 가리키고 있었죠. 다만 우리의 자료 공개가 이 반작용의 흐름상에서 비교적 앞에 있었던 거죠." 경찬이 말한다.

"사실 영계에서는 지상에서 일어난 모든 사건, 행위, 생각까지도 포함하여 모든 기록을 보관하고 있는데 여기에 그 어떤 비밀도 존재하지 않는다고 들었어. 그래서 영계의 자료를 사적 목적이 아닌 공적 목적으로 취하여 이세상에 공개하는 것이 업의 법칙을 얼마나 위반하는 것일까?" 연철이 묻는다.

"글쎄요. 혹 영계의 아카식 기록을 재생하여 공개한 것이 자연스러운 업의 진행 과정에 영향을 미쳐 문제가 된다는 것이 아니었을까요?" 일명이 스승의 지적을 상기해 본다.

"그런데 현대 사회에서 기술문명의 진보와 더불어 업의 집행 속도도 더 빨라지는 것이 사실이잖아요?" 경찬이 산의 생각을 전한다.

"모르긴 몰라도 스승님도 그 점을 고려하지 않으셨을까? 그리고 자네들 입궁 후 국민이 거세게 대통령 퇴진을 요구하여 마침내 그 정권을 종식시켰지. 이후 새로운 대통령이 선출되어 정계가 수습되고 그의 선정으로 나라가 급속도로 안정을 되찾았고 말이야. 그래서 스승님이 특단을 내려 반야궁에서 3년 동안의 복무로 마무리하게 하셨을 거야." 한원이 수습해 본다.

이에 다들 수긍하는 듯하다. 이때 산이 혼자 말을 하는 듯 동료들에게 묻는다.

"저는 그 부정적 세력이 커져 악영향이 온 세상에 미치는데 그대로 앉아 겪어야만 하는지 고민이 많았어요. 스승님은 영적 수련에만 집중하라 하시고……"

"영적 차원에서 사회현상을 바라보면 스승님의 말씀이 맞게 들리기는 해. 하지만 그런 세력에 저항하지 않는다면 세상은 점점 더 하락할 거야."

"그러나 우리 역사에서 그러한 저항은 자꾸 되풀이되었죠."

"근본적으로 부정적 세력에 동조하고 표를 던져 주는 무지한 국민의 의식이 문제지."

"다시 모두가 영적 추구를 해야 할 필요성으로 귀착되는 것이죠."

"그래요, 천록궁도를 통하여 영적 통찰력을 성취하여 본향인 신에게 돌아가야 합니다."

"우리가 이 지상에 존재하는 진정한 목적은 신에게 돌아가기 위하여 영적 경험을 쌓는 것입니다."

이야기가 조금 길어지자 혜설이 이제 마무리할 시간이라 여기며 말한다.

"우리가 좀 일찍 출궁한 것은 원자폭탄 때문이에요."

"……?"

"뭐라고?"

"그건 또 무슨 말이야?"

"아, 내일 올라가면서 얘기해요. 오늘은 너무 늦었어요."

"……."

"그래요, 잘 자고 내일 아침에 봅시다."

폐관 수련

운봉에서 밤을 보내고 일행은 다음 날 아침 8인승 승합차로 귀경길에 오른다. 쌀쌀한 날씨이지만 다행히 눈이 내리지 않아 길 상태는 좋다. 가볍게 아침을 먹고 다들 상쾌한 기분으로 느지막이 출발한다. 일명이 운전대를 잡고 그 오른편에 조석이 앉았다. 그 뒤로 경찬과 청화, 한원, 연철, 산과 혜설이 자리를 잡았다. 경찬과 청화는 어젯밤의 의문을 해소해야 할 것이기에 앞에 앉은 것이다. 다들 누가 먼저 원자탄 이야기를 꺼낼지 지켜보면서 궁금증을 감추지 못한다.

종이컵에 주문해 가져온 커피를 연신 홀짝거리던 연철이 다 마시고 나서 입을 쩝쩝거린다. 차는 이제 88고속도로를 가로질러 임실 방향으로 치닫고 있다. 종이컵을 손아귀에 쥐고 살며시 우그러트리다 연철이 드디어 말을 꺼낸다. 고개를 뒤로 하고 혜설에게 묻는다. 검사 시절 피의자를 심문하는 듯한 인상을 주지 않으려고 내심 조심한다.

“제수씨, 거어, 어젯밤 원자폭탄 얘기는 뭡니까?”

“제수씨라뇨, 참! 결혼식이나 하고 나면 그렇게 불러 주세요!”

"하하하하!"

"언제 하는데?"

"경찬에게 물어봐요." 혜설이 말한다.

"경찬?"

"네, 경찬이 과학자이니까 원자폭탄에 대해서는 그에게 물어야죠."

"오호!"

시선이 모두 경찬에게 쏠린다. 이를 예상하고 경찬이 미리 앞자리에 앉았다. 어떻게 말을 꺼내야 할지 몰라 잠시 고개를 들고 생각하더니 그가 자리에서 일어나 뒤에 앉은 동료들을 바라보며 의자 팔걸이에 걸터앉는다.

"저와 청화는 반야궁에서 복무하면서 특별한 수련을 했어요."

"……??"

"원자폭탄 때문이에요."

"뭔 소리야, 그게?"

"으음, 그게 말이에요, 바로 핵무기를 무용지물로 만드는 거였어요."

"와아! 어떻게?"

"간단히 말하면, 영적 능력을 개발하여 핵무기를 원격으로 무효화하는 거예요."

"……?!" 일행이 어안이 벙벙하다.

산이 잠깐 일행에게 한 가지 상기시킨다.

"저어, 끼어들어 미안해요. 근데 여기서 주고받은 내용은 절대 새어 나가면 안 됩니다. 뭐, 극비사항이라 할까요. 제가 승합차 내부에는 전자기 결계를 쳐 놓았는데, 이후 서울에서 각자 해산하더라도 우리의 핵무기 무력화에 관한 정보를 특히 주변국의 심령술사들에게 읽히지 않도록 조심해 주기 바랍니다."

"……!!!" 다들 순간 표정이 심각해진다.

그러자 경찬이 일행을 깨우며 다시 주제로 돌아간다.

"에이, 뭐 그리 심각해요? 그건 말이에요, 음, 서울 종로 대로변에 차가 한 대 주차되어 있다고 해요. 그런데 이 차를 음주 운전자가 운전하려고 해요. 거리를 누비고 다녔다면 그 결과는 끔찍했을 것입니다. 이제 서울에서 멀리 떨어진 이곳에서 우리는 어떻게 해야 할까요?"

"별 뾰족한 수가 없을 거 같은데……"

"그곳의 경찰에 연락하여 긴급출동을 시켜야 하나?"

"추격전을 하면 큰 사고들이 일어날 것이고……"

"차 안에 폭발물이라도 있으면……"

"어떻게든 막아야지……!"

"어떻게?"

"상상력을 발휘해 봐요." 혜설이 자극한다.

"그건 바로 우리 영성인이 할 수 있는 겁니다." 청화가 말하고 경찬이 잇는다.

"영적인 힘으로 차의 점화플러그에 영향을 줘 차의 시동이 걸리지 않게 하면 됩니다."

"와아아아……!" 일행도 문득 자신들도 영적 수련인이라는 것을 상기하며 박수를 친다.

“그렇지, 그래!” 고개를 끄덕인다.

“우리의 영적 상념을 어떤 대상에 집중하면 그 진동주파수를 조정하여 무력하게 만들고 결국 와해시켜 버릴 수 있습니다.”

“그래, 핵무기, 미사일에 그렇게 적용한다는 거지?”

“네.” 혜설이 말을 잇는다. “대부분 사람은 현실적으로 물질주의에 젖어 물질이 견고하다고 믿고 있죠. 그래서 물질을 통제할 수 없는 거예요. 그러나 이게 의식의 확장일 뿐이라는 것을 알게 되고 그 견고한 껍질을 부수게 되면 통제할 수 있는 거예요. 물질에 종속된 삶에서는 우주가 견고하다는 관념에 빠질 수밖에 없어요.”

“그렇지!” 이제 이러한 영적인 관점이 일행에게 곧바로 이해된다.

“영적 상념의 힘으로 물성의 변화를 일으킬 수 있죠. 이 힘의 본질은 우주의 빛의 에너지예요. 이 힘은 엄청난 투과력을 가지고 있어 어떤 물질이라도 통과하여 핵심 성분을 변화시켜 버릴 수 있어요.” 청화가 거든다.

“그럼 이제 북한의 핵무기, 미사일은 무용지물이 되겠는데?” 일명이 기자임을 드러낸다.

“그래, 그러면 앞으로 한반도는 어떻게 되는 거야?” 연철이 묻는다.

이때 산이 나서며 중대한 발표를 한다.

“자, 이건 우리만 공유하는 극비사항입니다.”라고 말하며 일행을 진정시킨다.

“임 대통령이 이 기술을 가지고 북한에 대하여 모종의 계획을 세워 머지않아 좋은 결과를 도출할 전망입니다. 이 배후에는 물론 스승님이 계십니다.

“이 역사적으로 중차대한 계획에 우리 영성단이 막중한 임무를 수행하게 될 것입니다. 제가 보기에 머지않아 남북 회담이 열릴 것입니다. 우리도 곧 할 일을 논의하기로 하죠. 그동안 자중하며 영력을 모아 주기 바랍니다.”

갑자기 분위기가 엄중하게 돌아가고 다들 입을 꾹 다물고 있다. 잠시 침묵의 시간이 흘렀다. 조석은 이런 분위기를 싫어한다.

“일명, 운전하느라 힘들지? 저기, 휴게소에서 좀 쉬었다 가자!”

“네, 마침 배도 고프니 뭐 좀 먹고 가시죠.”

추운 겨울이지만 햇볕이 나 내리는 눈발이 바닥에 떨어지자 곧 녹아내린다. 일행은 기지개를 켜다 몸을 움츠리며 휴게소 안으로 들어간다.

***

일행의 차가 다시 달린다. 조석에게 운전대를 넘기고 일명이 옆으로 고개를 틀어 경찬에게 묻는다.

“듣고 보니 그래도 반야궁에서 빈둥거리지는 않았네. 궁에서 수련만 하지는 않았을 테고, 뭐, 달리 뭘 했는지도 좀 말해 봐.”

“음, 저는 처음에 주방에서 일하고, 청화는 의무실에서 일했어요.”

“주방에서는 음식 만들 것이고, 근데 의무실은 뭐 하는 곳이야?”

“아, 거기선 주로 영계를 방문하는 사람들이 남겨 둔 육신을 보관하고 잘 돌봐 주는 일을 하죠.” 청화가 말한다.

“산과 제가 성록궁에 있을 때 거기에 둔 우리 육신도 잘 지켜 줬어요.” 혜설이 감사 표시를 한다.

“근데 말이야, 궁인들은 무얼 먹고 사나?”

“주로 곡물, 과일, 그리고 다양한 채소류를 먹어요.”

환과 개운조사는 대도인으로서 굳이 세상의 음식을 먹을 필요가 없다. 다만 타인과의 만남에서 음식을 먹어야 하는 상황에서는 이를 피하지는 않는다. 그들은 우주의 영기를 마시며 영양분을 공급하고 각자의 도법을 수행하여 육신을 젊게 유지하고 있다.

"그럼, 그 은밀한 산속에서 식재료는 어떻게 조달하나?"

"제가 주로 식재료를 나르고 다듬는 일을 했는데요, 그 대부분은 궁 안의 경작지에서 생산하는 거였어요."

"그래?"

"근데 신기한 게 경작지가 그렇게 넓어 보이지 않았어요."

"……?"

"놀랍게도 말이에요, 벼나 밀, 보리 같은 곡식의 성장이 아주 빨랐어요. 얘들은 보통 수확에 5개월에서 6개월이 걸리는 걸로 알고 있는데, 거기서는 1개월 정도면 가능해요. 과수나무 과일은 빨리 성장하여 풍부하게 열리고, 여러 종류의 채소도 파종 후 단 며칠 안에 먹을 수 있어요. 겨울에도 비교적 기온이 높아 식생이 잘 자라고, 그 종류도 아주 다양해요."

"어떻게 그런 거야?"

"그곳은 진동수가 높은 곳이에요. 궁인들이 진동수가 높고 발산하는 빛에너지가 기온을 높이는 것 같았어요. 궁에는 그러한 집약적인 농사를 전담하는 부서가 있는데, 제 생각으로, 그 신비한 식물 성장의 핵심은 토양이나 식물에 우주적 빛 에너지를 집중적으로 방사하는 데 있는 것이 아닐까 해요."

"아, 이 우주적 빛 에너지가 바로 핵심적인 열쇠이구먼. 원자폭탄을 와해시킬 수도 있고, 급속한 식물 성장을 도울 수도 있고 말이야."

"그래요, 우리가 영적 수련을 할 때 그걸 항상 염두에 두어야 할 거예요."

"……!"

분위기가 좀 정체하는 것을 눈치채고 연철이 경찬에게 묻는다.

"어이, 경찬! 그곳 산삼이 그렇게 좋다던데, 사실인가? 진시황이 가져간 불로초였다며?"

"하하하, 그것이 불로초인지는 모르겠지만, 하여튼 산삼 서식지가 있어 특별 관리하는 것 같았어요. 그리고 송이를 비롯하여 이름 모를 여러 버섯을 관리하는 단지도 있었어요. 그 외에도, 기이한 약초들을 기르는 밭도 있고요. 근데 저는 그곳들에는 쉽게 접근할 수 없었어요."

"불로초 몇 뿌리라도 가져왔어야 하는데 말이야."

"하하하하!"

한원이 이어 묻는다.

“거기 궁이 아무리 도 닦는 곳이라 하지만 그래도 사람 사는 세상인데 자네도 어려움이 있었을 거야.”

경찬이 청화를 한 번 쳐다보고는 잠시 후 입을 뗀다.

“네, 제가 주방에서 일할 때 주방장 김청의에게 힘든 일들을 당하기도 했죠. 그곳의 궁인들이 다 우호적인 것은 아니더라고요. 그곳도 외부 세상 못지않게 폭력적인 힘이 난무하는 곳이었어요. 대 총관님도 제가 입궁할 때 “자네를 괴롭히는 일들이 있을 거야”라고 귀띔해 주었어요.”

“왜 그런 거야?” 청화가 얼굴이 붉어지면서 묻는다.

“뭐, 처음 해 보는 일이라, 서툴렀겠지. 하여튼 하라는 일은 최대한 잘하려고 노력했어. 책잡히지 않으려고 말이야.” 경찬이 말을 줄인다.

청화 앞에서 굳이 이런저런 말을 하고 싶지 않았기 때문이다. 주방에서 청의의 부하에게 호되게 맞은 적이 한두 번이 아니다. 이때 청화가 말을 꺼낸다.

“그래서 우리가 폐관 수련할 때 끼니로 가져다주는 식사가 그렇게 형편없었던 거구나.”

"응, 먹을 만한 음식은 아니었지."

청화도 의무실에서 일하다 함께 폐관 수련에 들어갔던 것이다. 바로 경찬의 옆방이다.

"자네들이 무슨 폐관 수련을 해?"

"네, 저희는 주방과 의무실에서 각각 한 1년 정도 일했죠. 그런데 우리는 영적 수련 경험이 별로 없었잖아요. 청화는 입문한 지 얼마 안 되었고 저는 입궁 바로 전에 입문했고요. 그래서 낮에 일하면서 밤에 시간을 내어 집중적으로 수련하기 시작했어요."

"……?"

"특히 저는 과학도로서 눈에 낀 물질주의라는 안개를 거두어 내기 위해 엄청난 노력과 끈기가 필요했어요."

대 총관이 경찬과 청화에게 각각 주방과 의무실에 딸린 작은 독방을 쓰게 해 주었는데, 이는 다른 궁인들에게는 특혜라면 특혜로 보였다. 개운조사나 환 대도인이 뒷배라고 생각했다. 이를 못마땅하게 여겨 김청의의 주방 부하들이 경찬의 방에 식자재 쓰레기들을 처박아 놓는 일도 많았다.

"……!"

"이때 개운조사님이 저희를 지도해 주셨죠. 조사님은 방문이 다 닫혀 있었는데도 홀연히 방 안으로 들어오시곤 했어요."

"……!!"

경찬과 청화가 궁도의 영적 수련을 하지 않은 사실을 알고, 개운조사는 이들에게 먼저 단전호흡을 수련하여 기를 온몸으로 순환시키고 나서 이후 영적 수련을 하게 할 작정이었다. 이것은 둘의 특수 임무를 위해서다.

"'먼저 정좌하고 호흡을 고요하게 고르게 내쉬고 들이마셔 보게. 이걸 조식(調息)이라 하네. 온갖 생각이 떠오를 거야. 그냥 흘러가는 구름이라 여기고 내버려 둬. 이때 숨이 들어갔다 나오는 것을 따라가며 의식하면 좋아.' 처음에 이렇게만 일러 주셨어요. 그래서 한 달 동안 무작정 하라는 대로 그렇게 조식만 했어요."

"선인(仙人)이 되는 첫걸음마지!"

"그런데 처음 두 주 정도는 그야말로 고통 자체였어요. 정좌 자세부터 힘들었는데 무슨 잡념이 그렇게 많이 떠오르는지 모르겠어요. 가장 힘든 건 말이에요, 왜 그렇게 잠이 오는지 정말 견디기 어려웠어요." 청화가 말한다.

"누구나 처음에는 다 그렇지!" 한원이 대꾸해 준다.

"잠이 와 졸려서 고개를 아래로 떨어뜨리다가 깜짝 놀라 깨고 어느새 다시 졸려 고개를 떨어뜨리기를 수없이 되풀이했어요." 경찬이 잇는다.

"하하하!"

"언젠가는 혀끝이 위아래 치아 사이로 좀 나와 있었던지 고개가 아래로 떨어지면서 이가 맞물려 혀끝이 잘려 나가는 줄 알았어요. 깜짝 놀라 아파서 비명을 지르며 번쩍 눈을 뜨기도 했어요." 청화의 말이다.

"하하하!"

"침도 흘렸겠지!"

"하하하!"

"그런데 언제부턴가 잠이 와 졸고 있으면 무언가가 얼굴을 살짝 스치고 지나가는 거예요. 그러면 잠이 사라지고 조식을 다시 하였죠. 그게 개운 조사님의 흰 수염 같기도 하고 대 총관님의 흰 총채 같기도 하고요. 어느 때는 머리 꼭대기를 누군가가 잡아 머리를 세워 주는 것 같기도 했어요." 경찬이 말했다.

"음, 집중 지도를 받은 거네!"

"이렇게 애를 쓰며 한 달 정도 하니 그런 대로 조식이 되는 거 같았어요.

그때 절대로 무리하게 호흡하지 말라고 했어요. 점점 정좌하는 시간도 늘고 호흡 길이도 조금씩 길어지고요.

"이후 조식을 하는데 의식을 배꼽 아래 단전에까지 내려 들숨과 날숨을 고르게 하라고 하셔서 그대로 했어요. 그렇게 한 달 정도 하니 익숙해지기 시작했어요.

"이 호흡을 계속하다가 셋째 달 어느 날 조사님이 호흡할 때 의식이 단전에 조금 머물게 해 보라고 하셨어요. 처음에는 잘 안 되었지만 한 1주일 정도 하니까 차츰 나아졌어요. 뭔지도 모르고 그냥 하라는 대로 했어요. 이것도 그렇게 한 달 정도 하니 익숙해지기 시작했어요." 청화가 자기도 그랬다는 듯이 고개를 끄덕인다.

"그래, 그 부분이 축기니 유기니 폐기니 하면서 말이 많은 부분이지." 한원이 말한다. "선지식이 있는 사람보다는, 뭐, 생판 모르는 사람이 더 나을 수도 있어."

"이후 약 1년 동안 밤이 되면 쉬지 않고 단전호흡을 계속했어요. 그동안 한편으로 고단하기도 했지만 다른 한편으로 호흡이 길어지고 깊어지면서 몸에 변화가 오기 시작했고 느낌이 좋았어요. 그리고 신기한 경험도 많이 했어요. 캄캄한 긴 동굴을 엄청난 속도로 빨려들어 가듯이 통과하다가 너무나 무서워 깜짝 놀라 벌떡 일어난 적도 있었어요. 그리고 아주 밝은 빛을 보기도 했죠. 너무 밝아 어둠이라고는 어디에도 없었어요. 어느 때는 우리 둘이 너무나 아름다운 도시를 이리저리 구경하다가 시간 가는 줄 모르고 헤매고 있었는데 예의 그 흰 총채 수염이 빰을 후려쳐서 순식간에 의식이 돌아와 정신을 다시 차린 적도 있었어요. 우리가 옆길로 새면 언제나 여지없이 그 총채가 휙 날아왔어요."

"하하하, 조사님이 늘 감시하고 계셨구먼."

"몸에 변화가 왔다는데 어떤 거야?"

"한 네댓 달 지나서 명치 부분에서 단전까지 뭔가 확 뚫리는 것처럼 시원한 느낌이 있었어요. 그 뒤로 뭔가 배 주위를 도는 것 같기도 했고, 이어 수련을 계속하니 등 뒤에서 허리를 타고 뭔가 올라가는 느낌이 있다가 좀 더 수련을 계속하니 머리 위로 올라가더니 이마를 넘어 몸의 앞으로 타고 내려왔어요."

"소주천이라고들 하지." 한원이 말한다. "근데 이런 기순환 현상이 뭔지도 모르고 그냥 수련한 거야?"

"네, 정말 그냥 했어요."

"오, 자네들도 정말 대단하지만 다 개운조사님의 보살핌 덕분이네."

"네, 저희도 그렇게 느껴요. 우리가 수련할 때 항상 옆에 계신 것을 직감했으니까요. 그 후로 수련을 하니 그 기 같은 것이 온몸을 돌며 순환하는 것을 느꼈어요."

"세상이 얘네들을 앞으로 크게 쓰도록 예비하신 겁니다." 산이 말한다.

"……??"

경찬이 듣기에 부담이 되는지 말을 돌리듯 이어 간다.

"그런데 한 1년 정도 수련하니 어느 날 바로 제 옆에 청화가 있고 청화는 또 제가 바로 옆에서 함께 수련하고 있었던 거예요. 깜짝 놀라 눈을 떠 보면 어느 틈에 사라지고 각기 방에 혼자만 있었다고요."

"그게 뭐야?"

"혹시 남녀 음양 합일, 뭐, 그런 거야?"

"그래?"

"몰라요." 청화가 말한다.

"둘이 서로 너무 보고 싶어 자기도 모르게 체외이탈을 하게 된 거지."

"하하하!"

"그걸 두고 '마음 가는 데 몸 따라간다'고 하는 거야!"

"……!"

"어느 날 밤 조사님이 내실로 우리를 불러 '으음, 때가 온 것 같네!'라고 알 듯 모를 듯한 말씀을 하면서 우리에게 뭔가 시술을 해 주셨어요."

"……?"

"그건 백회에서 단전으로 큰 기로(氣路)를 직통으로 뚫어 우주와 교통하는 경지에 이르게 하는 것이었어요."

* * *

세상을 등진 개운조사가 환 도인으로부터 이 두 젊은이를 인계받아 움직인 것이다. 깊은 밤 조사가 둘에게 나직이 그들의 임무를 말해 준다.

"내가 자네들에게 이 시술을 해 주는 이유는 핵무기 무력화를 위해서네. 초능력을 발전시키는 것보다 영적 성취를 하는 것이 최우선이기는 하지만, 핵무기 위협으로부터 우리나라의 불안을 제거하여 앞으로 모두가 평화롭게 영적 추구를 할 수 있게 하기 위해서이니라."

둘의 인성과 역량은 환 도인과 개운조사에게 한눈에 감지되었다.

개운조사가 둘에게 시술해 주는 동안 옆에서 대 총관이 총채를 들고 팔짱을 끼고 서서 경호하고 있다. 그의 눈동자에는 저만치 뒤에서 누군가가 엿보고 있는 것이 보인다. 조사가 하는 말은 그자에게는 들리지 않을 것이다.

"이제 내가 알려 준 요령을 잘 숙지하고 대 총관이 정해 주는 굴에서 폐관 수련을 하도록 하거라."

"네, 조사님."

그들의 임무가 어렵고 막중하여 폐관 수련을 하는 것이다. 대 총관이 말한다.

"이 수련을 통하여 눈과 귀를 열어 먼 곳에 소재하는 핵무기의 소재를 파악하고 그 무기를 다루는 자들의 말소리를 들을 수 있어야 하네. 그리고 둘의 영혼이 혼연일체가 되어 소재가 파악된 핵무기에 우주의 흰색 빛 에너지를 발사하면 그 효력이 와해되는 거야.

"그래서 혼원일기(混元一氣)의 백광탄(白光彈)[8]이라고나 할까."

"그 핵심 성분의 진동수를 순간적으로 높여 분해하여 버리는 거겠죠?" 경찬이 말한다.

"그렇지. 둘의 일체가 하부우주의 대립하는 음양을 합일하여 상부 우주 차원으로 상승하여 최상승의 절대적 백색 빛 전자에너지를 발사하는 거지. 말하자면 영의 에너지 진동으로 그 무엇이라도 투과하여 와해시킬 수 있는 백광총(白光銃)을 얻는 거야."

대 총관이 김청의에게 경찬과 청화를 폐관 수련할 굴로 안내하라고 지시한다. 김청의가 부하를 둘 데리고 앞장선다.

"따라와!" 마치 죄인을 다루는 듯한 고압적인 목소리다.

그런데 걸어가던 청의가 도중에 몸을 돌려 뒤로 가서 둘을 따라온다. 돌아서는 그의 눈빛에 증오와 멸시가 가득했다. 둘은 그와 눈을 마주치지 않으려 했지만, 너무 가까이서 일어난 일이라 순간 그의 눈을 보고 말았다.

'왜?' 둘은 순간 마음속으로 섬뜩함을 느꼈다.

김청의의 부하들이 경찬과 청화를 선도하여 어두침침하고 구부러진 길을 한참 가더니 동굴의 후미진 곳에 있는 두 개의 방 앞에 이르렀다. 동굴의 천장에 구멍이 있는지 어디선가 한 줄기 빛이 내리비추고 있었다. 그들이 멈춘 곳에서 방의 앞까지는 내리막 계단이 길게 이어져 있었다.

이때 경찬과 청화가 순간 서로 마주 보며 직감적으로 눈빛을 교환한다. "조심해!" 그 찰나 뒤에 있던 김청의가 뛰어오르며 둘의 등을 발로 찼다. 그러나 그들은 그동안의 수련을 통하여 계단 위를 구르면서도 순간적으로 몸의 진동을 높일 수 있었다. 몸이 방문에 '텅' 하고 부딪혔을 때 팔다리에 가벼운 찰과상만을 입었다. 심하게 다친 척하면서 몸을 웅크리고 있었다.

"자, 내 말 잘 들어!" 김청의가 소리친다. "방 안을 설명해 주겠다. 문을 열고 들어서서 앞으로 8보를 가면 방 끝에 다다르고 좌우로는 너비가 4보다. 방 끝의 벽을 따라 바닥에 홈이 패여 있다. 거기에 물이 흐르니 몸을 씻고 옷을 빨 수 있다. 끝의 벽에는 화장실이 있고 오른쪽 벽에는 목침대가 있다. 매일 오후 3시에 한 명만 방에서 나와 반 시간 정도 문 앞의 계단을 오르내릴 수 있다. 다음에 다른 한 명이 나온다. 이상!"

이어 방문이 열린다. "들어가!" 김청의가 둘의 등을 발로 차 각자의 방에 밀어 넣고 문을 '쾅' 하고 닫았다. 이어 자물쇠를 채우는 소리가 들렸다.

경찬과 청화는 분노에 치를 떨었다.

"도대체 왜 우리가 저런 놈한테 이렇게 당해야 하는 거지? 수련이 끝나고 나가면 가만두지 않을 거야!"

방 안이 어두컴컴하다. 두 방은 인접해 있지만 석벽에 조그만 창 하나도 없어 서로 보며 대화를 할 수도 없다. 어두운 방 안에서는 더듬더듬 움직일 수밖에 없다. 모든 감각을 상실당해 아무 감정도 느끼지 못하며 아무 생각도 할 수 없다. 어두컴컴한 방에서 두렵기만 했다. 수일 동안 둘은 분을 삭이며 고통을 이겨 내야 했다.

시간이 흐르자 그들은 점차 안정을 되찾고 바닥에 앉았다. 다 떨쳐 버리고 정좌한 다음 천천히 심호흡을 수차례를 반복했다. 조용히 두 눈을 감고 개운조사가 일러 준 것을 되새겨 본다. 모든 감각이 극도로 예민해진다. 수련하다 몸을 풀고 방 안을 이리저리 더듬거리며 걸음을 떼어 본다.

이제 천장의 네 귀퉁이에서 실바람이 들어오는 것도 느껴진다. 환기 장치일 것이다. 사실 이 방들은 궁의 고위층이 폐관 수련할 때 이용해 왔다. 소위 좋은 기가 성한 곳이다. 앞서 수련한 이들의 높은 진동의 파장이 누대에 걸쳐 겹겹이 쌓여 있는 곳이다.

매일 오후에 잠시나마 방문 앞의 계단을 오르내리는 것이 허용되었는데 이때가 희미하게나마 빛을 볼 수 있었던 시간이다. 감시자 김청의는 계단 위에서 팔짱을 끼고 시시 거만하게 내려다보고 있다. 히죽이며 비웃는 모습이 연상되었다. 아침에 끼니가 방문의 작은 문틈으로 넣어지는데 그자가 주는 음식은 도저히 사람이 먹는 것이라 할 수 없다. 그러나 대 총관의 보좌진이 주기적으로 보양식을 가져다주기도 했다.

그 모든 역경 속에서도 경찬과 청화는 주어진 환경에 조금씩 익숙해져 갔다. 둘이 입실 전에 경험한 유체이탈로 석벽을 통과하여 서로 만날 수 있는 것이 큰 위로가 되었다. 갈수록 이러한 만남이 더 의식적으로 수월해지기 시작했다.

그리고 둘은 자기들이 홀로 방치된 것이 아니란 것을 알았다. 밤에는 종종 개운조사가 홀연히 방에 들어와 그들을 위로해 주었다. 조사를 둘러싸고 있던 하얀빛이 몸 안으로 들어와 전신을 여러 차례 돌고 지나갔다. 환 스승도 때로 꿈속에서 둘의 영을 해변으로 데려가 큰 소리로 철썩이며 밀려오는 파도를 대면하게 했다. 그들을 삼킬 것만 같던 큰 파도는 해변에 이르러 스러지고 다시 먼 바다로 밀려 나가는 것이었다. 파도는 그들의 두려움과 고통을 쓸어 갔다. 이렇게 스승들의 일으킴을 받아 그들은 점차 안정을 되찾고 정좌 수행의 궤도에 들어섰다.

그러자 다시 그들을 지독하게 괴롭히는 다른 문제가 발생했다. 수련하려고 눈을 감으면 사나운 원숭이 떼처럼 달려드는 온갖 종류의 잡스러운 생각이었다. 마음이 만들어 내는 것이다. 이 생각들을 떨쳐 내려 하면 할수록 더 귀찮게 달라붙었다. 그러든 말든 입실 전에 대 총관에게 들은 대로 이것들을 모른 체하며 뜬구름 취급하기도 했으나 좀체 이런 질곡에서 벗어날 수 없었다.

환이 경찬과 청화에게 마음을 다스리는 방법을 하나 알려 주었다.

"마음을 통제하는 것은 매우 어렵다. 아마 마음과 싸워 이기기는 거의 불가능할 거야. 실제로 많은 사람이 명상할 때 이 싸움을 하느라고 무의미하게 시간을 허비하고 지쳐 나가기도 한다. 마음이 종종 아름다운 환상을 만들어 헤어나지 못하게 만들기도 하지. 그래서 마음과 싸우는 대신 그걸 따돌리는 방법을 하나 알려 주겠네. 의외로 아주 간단해. 두 눈을 감고 아주 즐거운 장면을 하나 떠올리면 되는 거야. 예를 들어, 너희 둘이 함께 해변을 다정히 거니는 장면 같은 거 말이야."

"네, 그건 바로 사탕 같은 거네요. 이유를 모르게 울며불며 떼를 쓰면서 엄마를 괴롭히고 있는 어린아이가 있는데, 아무리 꾸짖고 달래도 말을 안 듣다가 문득 사탕을 하나 주니까 언제 그랬냐는 듯이 울음을 뚝 그치고 조용히 웃으며 눈을 생글거리는 그런 거 말이에요." 모성이 강한 청화가 이해가 빠르다.

"음, 좋은 비유로구나."

이렇게 어둠 속에서 온갖 고통과 고난을 이겨 내며 시간이 얼마나 흘렀는지도 모르고 수련하니 영안이 점차 트이기 시작했다. 방 내부가 희미하게 보이기 시작하여 갈수록 더 훤하게 보였다.

경찬과 청화의 수련 목표는 먼저 소위 선계에서 말하는 천안통, 천이통의 경지를 얻는 것이다. 달리 원격투시, 원격투청을 말한다. 이를 통해 우선 북한의 핵무기 소재를 파악하고 그 운용 정보를 획득하여 이 핵무기의 효력을 무력화하려는 것이다. 영적인 추구를 중시하는 천록궁도는, 단전호흡을 통하지 않고, 바로 궁도의 영적 수련을 통해서 부수적으로 천안통, 천이통을 얻는다. 그러나 영적 수련의 기반이 없었던 둘에게는 위와 같은 목표하에서 먼저 단전호흡을 통하여 신체적 집중력을 기르고 이를 기반으로 영적 추구를 하는 길이 선택되었다.

경찬과 청화는 단전호흡 수련을 통하여 에너지체를 발달시켰다. 단전에서 극미세 섬유실과 같은 에너지 다발을 우주 공간으로 방출하려는 것이다. 둘의 에너지체는 이 극세섬유 에너지 다발을 타고 목표물에 순식간에 접근한다. 더 나아가 둘의 영은 완전한 음양합일체를 이루어 효력을 강화한다. 이 합일체가 바로 핵무기나 미사일에 접근하여 백광총을 쏘아 폭발 장치를 작동하지 못하게 만들 것이다. 두 스승은 이들이 모든 고난을 헤쳐 나가며 에너지체를 양성하여 강화하고 더 나아가 핵무기 무효화 기술을 획득할 때까지 늘 옆에서 지켜보고 가르쳐 왔다. 폐관 수련한 지 지상의 시간으로 거의 2년이 흘렀다.

***

일행이 이 모든 내막을 알고 말없이 숙연해진다. 천성적으로 이런 분위기를 싫어하는 조석이 한마디 한다.

"이제 북한의 핵무기, 미·중·러의 것도 그리고 얘네들 미사일 엿 됐네."

"하하하하!"

"그러게 말이야!"

세상의 무도한 강대국들이 핵무기라는 파괴적인 무기를 만들어 공격 일변도의 폭력적인 태도를 유지하다가 결국 인류 공멸의 길로 빠지고 말았다. 자신들에 대한 방어도 장담할 수 없는 바보짓을 저지른 것이다. 지리산 영적 결사대가 이제 인류에 대한 이러한 절체절명의 위기를 해결하려는 것이다.

이때 일명이 묻는다.

"그럼 세슘 같은 방사성 물질도 성분을 변화시켜 무해하게 만들 수 있을까?"

"네, 같은 이치예요. 출궁했으니 이제 그런 화학물질을 개발하려고 해요." 청화가 말한다.

"세슘이나 삼중수소, 아이오딘, 탄소14 등 여러 핵종의 성분을 중화시키는 물질을 만들어 서해 영광과 동해 월성에 있는 원자로 주변의 방사능 오염을 중화해 볼 생각이에요." 경찬이 보충한다. "그리하여 일본 후쿠시마 방사능 오염수 문제도 해결할 수 있기를 기대하고 있어요."

"……!" 일행이 둘에게 마음속으로 무한한 박수를 보낸다.

***

11월 초순이다. 경찬과 청화가 반야궁 동굴에서 폐관 수련한 지 거의 2년이 되어 가기 3달 전 무렵이다. 대 총관의 지시로 둘이 수련을 마치고 어두컴컴한 방에서 나와 밖으로 나오게 된다. 오랫동안 햇빛을 보지 않아 눈을 보호하기 위하여 천으로 된 안대를 두르고 있다. 하지만 처음 입실할 때와는 달리 이제는 영안이 트여 주변이 잘 보인다.

김청의의 두 부하가 문을 열어 주자 경찬과 청화가 안대를 하고 앞이 잘 안 보이는 척 주위를 두리번거리며 계단을 천천히 올라온다. 둘이 바로 뒤에 따라 올라오는 부하들을 의식하며 고개를 들어 보니 계단 위에서 김청의가 오른손에 긴 봉을 쥐고 바닥에 세우고 서 있었다.

"어이! 그동안 잘 지냈나?"

말은 그렇게 하나 여차하면 그 봉으로 공격할 기세였다. 경찬이 경계하며 봉의 길이가 못 미칠 지점에서 살짝 몸을 돌려 계단 아래 경사진 곳을 살피는 척했다. 아니나 다를까 부하들이 뒤에서 경찬과 청화의 몸을 두 손으로 움켜쥐려고 했다. "어딜 도망치려고!" 둘이 이를 뿌리치며 계단 아래로 그들을 밀쳐내자 중심을 잡지 못하고 그대로 굴러떨어졌다. 이때 청의가 둘에게 봉을 겨누고 급히 계단을 내려오며 소리친다. "네 이놈들! 죽고 싶어?"

이에 경찬이 바로 단전에서 에너지체를 쏘아 그 촉수로 청의를 옭아매어 계단 아래 방문 앞으로 내동댕이쳤다. "내가 사정을 봐주지 않았다면 이미 죽은 목숨이었을 줄 알아요!" 청의가 기습공격을 받고 나가떨어져 오른쪽 발목을 삐었다.

경찬과 청화는 차차 눈이 햇빛을 견디게 되고 신체도 외부 조건에 적응하게 되었다. 그래서 반야궁 내에서 할 수 있는 봉사 일을 찾아 이에 전력하였다. 주로 의무실에서 관리하는 육신들을 돌보거나, 영적 의식을 고취하고자 몽체로 궁을 방문하는 학인들을 안내하고 그들에게 초보적인 가르침을 전해 주었다. 또 도서관의 각종 기록을 정리하고 보존하는 일을 도와주었다.

지상의 시간으로 거의 3년 동안 그들은 단전호흡 수련으로 쌓은 강력한 신체 기반 집중력을 활용하여 영적 집중력을 쌓는 데도 큰 진전을 이루었다. 입궁 전에 천록궁도에 입문하여 그동안 험난한 수련 끝에 영적 합일체를 이루어 제5단계인 영혼계에 진출한 것이다. 하부의 부정적 우주에서 진정한 영적 우주 세계의 초입 단계에 진입한 것이다. 그러나 반드시 남녀가 영적 합일체를 이루어야만 영혼계에 진입한다는 것은 아니다. 하부 영계들의 이원성을 극복하여 균형을 찾아 단일성, 일체성을 얻으면 가능한 것이다.

***

반야궁의 내실에서 김청의가 개운조사와 대 총관에게 무어라 말하고 있었다. 청의가 경찬과 청화를 궁에서 추방할 것을 건의한 것이다.

"그자는 도대체 왜 그런 거야?" 연철이 화를 내며 묻는다.

"대 총관님이 그러시는데, 언젠가 김청의가 개운조사님께서 깊은 밤 내실에서 우리에게 더 높은 단계로 진입할 수 있도록 기로를 뚫어 주는 것을 엿보고 있었대요. 경호대장이었잖아요."

"아하!"

"근데 그자도 한 단계 더 올라가기 위해 조사님에게 그걸 요청한 적이 있었는데 베풀어 주지 않으신 거죠."

"오, 질투심?"

김청의는 아버지를 일찍 여의고 궁에서 외롭게 성장했고 개운조사를 친

할아버지로 여기며 살아왔다.

"아니, 처음 제가 주방에서 일할 때부터 저한테 못되게 굴었어요."

할아버지로 여기는 개운조사가 자기보다는 어디서 굴러들어온 이 두 남녀를 더 가까이하는 것에 비틀린 것이다.

경찬과 청화가 반야궁에 들어온 지 지상의 시간으로 거의 3년이 다 되어가는 어느 날 심야였다. 궁의 내실에 개운조사와 김청의가 마주하고 있다.

"청의야, 너는 나의 손자다. 내가 너를 사랑하는 것은 예나 지금이나 변함없단다."

"밤이면 걔들을 돌봐 주고 도법을 전수해 주신 건 무엇입니까? 저한테는 거절하신 것입니다."

"으음, 그 아이들은 세상을 위해 큰 임무를 안고 궁에 들어온 것이다. 배우는 것은 각자 그릇대로 채우는 거야. 나는 그들의 심성과 역량을 볼 수 있었다. 네가 그동안 그들에게 품은 질투심은 어떻게 생각하느냐? 너의 그릇을 더 크게 만들도록 하여야 하지 않겠느냐? 너에게도 그 도법은 전수될 것이다. 너는 내 손자이다, 청의야!"

"네!" 청의가 허리를 굽혀 인사를 드리고 물러난다.

경찬과 청화는 폐관 수련을 마치고 궁에서 봉사하면서 기쁨에 차 있었다. 가끔씩 다리를 약간 절뚝거리는 청의를 마주칠 때의 어색함을 빼고는 말이다.

"어이, 잘 지내는가?" 청의가 시비조로 말을 건넨다.

"흥, 할아버지에게 가서 응석이나 부리시지!" 청화가 툭 쏘아 준다.

"우리 궁은 너희가 잠시 들어와 물을 흐릴 수 있는 곳이 아니야!"

"도를 수행한다는 자가 할 말은 아닌 것 같네요." 경찬이 말한다.

"하하하! 여기는 벌레들이 들어오는 곳이 아니야. 조만간 나가겠다고 하면 짓밟지는 않을 거야. 대 총관께 출궁 요청했으니 그리 알아!"

"서울 구경 한번 올라오시오. 신세는 잘 갚아 줄 테니까!"

"하하하! 알겠네!"

* * *

어느 날 대 총관이 경찬과 청화를 불렀다.

"자네들, 이제 출궁할 때가 온 것 같네. 며칠 내로 알려 줄 테니까 준비하고 있다 떠나도록 하게.”

갑작스러운 통보에 경찬이 당황하며 묻는다.

“왜 그러시지요?”

“하하하! 만남이 있으면 헤어짐도 있는 것!”

“김청의와의 문제 때문인가요?”

“으음, 자네가 입궁할 때 내가 주위와의 조화를 얘기했지.”

“그건…… 그건 말이에요……!”

“나는 개인 간의 시시비비에는 관심이 없네. 그리고 일을 객관적으로 보라고 권했지.”

“……???”

“나는 궁의 일을 전체적으로 보고 있네.”

“조사님도 알고 계신가요?”

“그렇다네.”

경찬은 더 이상 말을 하지 않았다. 이제 궁을 떠나 수행할 임무가 기다리고 있다는 것을 알고 있다. 대 총관이 경찬과 청화에게 조사의 선물을 건넨다. 가느다란 줄로 된 팔목띠다. 여기에 대추나무로 만든 자그마한 구슬이 하나 달려 있는데 반야궁을 상징하는 문양이 새겨져 있다. 이 선물이 어떤 영적인 의미를 지니는지 잘 알고 있다. 궁은 둘이 핵무기 무력화 기술을 완성하자 청의의 요청을 구실로 그들을 출궁시키는 것이다. 물론 때맞추어 이들의 업의 인과를 핵심적으로 재배치하여 최적으로 단기에 해소할 수 있게 해 주었다.

감화소

일행의 승합차가 서울을 향해 올라가고 있다. 차내의 분위기는 경찬과 청화의 이야기로 팽창하여 부풀어 올라 있다. 상행길은 약 2시간 전부터 눈발이 심하게 내리기 시작하여 길 위에 눈이 조금씩 쌓여 가며 차들의 주행이 거북이걸음이 되었다. 겨울철이라 해가 일찍 서산에 기울었다. 더 늦어지기 전에 좀 쉬고 주유도 하고 저녁도 먹을 겸 휴게소에 들르기로 했다. 조석이 죽전휴게소를 앞에 두고 말한다.

"더 늦기 전에 저 앞 휴게소에서 쉽니다. 고속도로 마지막 휴게소예요."

휴게소는 사람들로 북적거리고 길은 녹은 눈으로 곳곳이 질퍽하다. 그 위로 눈이 많이 내리기 시작한다. 차가운 저녁 날씨에 서울까지 남은 길 위의 녹은 눈이 얼어붙지 않기를 바랄 뿐이다. 흰 눈이 펑펑 쏟아져 내린다. 차에서 내리자 한원이 눈을 보며 말한다.

"와, 이 하얀 눈발들이 자네들의 출궁을 환영해 주는 거 같네."

"하하하! 네, 그렇군요."

자율식당에 사람들이 식판을 들고 길게 줄을 지어 늘어서 있다. 각자 선반에 놓인 여러 종류의 먹을거리를 식판에 골라 담아 끼리끼리 식탁에 자리를 잡고 앉고 식사한다. 일명이 경찬과 청화에게 얄궂게 물어본다.

"어때, 반야궁 식사보다 더 나은가?"

"하하하! 그곳은 감방식, 이곳은 호텔식이죠." 청화가 폐관 수련을 떠올린다.

"한동안 뭔가 입에 넣어 깨물면 물컹한 느낌에 액즙이 터져 나와 구역질을 하곤 했는데, 시간이 지나자 조금 익숙해졌는지 토하지는 않았고, 더 시간이 지나자 고소한 맛이 느껴지기도 했어요." 경찬이 말한다. "눈에 보이지 않아 당시엔 몰랐는데 아마 굼벵이가 아닐까 생각했어요."

"오오오오! 김청의가 심하게 장난을 쳤구먼, 몹쓸 놈!"

"달리 보면, 뭐, 폐관 수련자들에게는 영양식이었을지도 몰라요, 하하하!"

"근데요, 언제부턴가 영안이 트여서 그게 보이는 거예요." 청화가 말한다.

"정말이었어?"

"알고서 먹으려니, 마치 극기 훈련하는 기분으로 수차례 소리를 크게 지르고 나서 두 눈을 부릅뜨고 깨물어 삼켰어요."

"하하하하!"

"맛있게 먹어!"

'먹어'라는 동사의 현재형 굴절로 보아 굼벵이를 맛있게 먹으라는 것은 아닐 테고 분명히 이곳 식당의 음식일 것이다. 그때를 생각하면 청화는 너무 비참해서 눈물이 난다. 그러나 용케도 잘 참아 버텼고 수련을 통해 큰 목표를 성취해 냈다. 그렇게 할 수 있었던 게 다 경찬과 함께한 덕분이었다. 그의 존재가 한없이 고마웠다.

일행이 저녁 식사를 마치고 휴게소 구내를 이리저리 기웃거리며 어슬렁거리다 시간을 좀 보내고 슬슬 차를 향해 걸음을 옮겼다. 주유를 하기 전에, 경찬이 운전대를 한번 잡겠다고 제안하여 허락을 받는다.

"그래, 그동안 운전을 하지 않아 몸이 근질근질할 테니 한번 해 봐! 우리 경찬 도사께서 이제 도력이 높아지셨으니 이 눈길 위에서도 문제가 없겠지?"

"하하하하!"

"그런데 앞을 내다보니 여기서부터 서울까지 차가 많이 밀려 있어요."

"와, 정말 천리안을 얻으셨나 보네!"

"네, 좀 오래 걸릴 것 같은데 잘 모시겠습니다."

"오! 도사님, 영광입니다."

상행하는 차 안에서 일행의 관심은 이제 산과 혜설에게 쏠린다. 연철이 또 혜설을 향해 농을 친다.

"제수씨, 이번에는 두 사람 차례입니다!"

"하하하하!"

"우리 이제 봄이 오면 결혼해요. 그때 원 없이 그렇게 불러 주세요."

"와, 그래요?"

"네, 청화네랑 같이 할 거예요."

"오호호호! 이런, 이런, 겹경사가 났네!"

"와! 이제 강호에 곧 두 쌍의 부부 협객이 등장하겠네!"

"하하하하!"

차가 눈길 위를 기어가고 있음에도 전혀 지루하지 않다.

"자자, 이제 두 사람의 경험담 좀 말해 봐요."

"저는 반야궁에 입궁하고 며칠 후에 육신을 궁 의무실에 남겨 두고 성광계로 가서, 아스트랄계라 하죠, 산과 합류했어요." 혜설이 말한다.

"성광계 어디에서?"

"성광계 하부 층위에 있는 감화소예요. 환 스승님께서 배치해 주셨어요."

"어떤 곳인데?"

"세상에서는 연옥이라 알려진 곳이기도 하죠. 지상에서 죽음을 맞이한 영혼들이 감화를 받으러 와 머무는 곳이에요."

***

환이 산과 혜설을 데리고 우리가 흔히 염라대왕이라 알고 있는 존재 앞으로 안내하였다. 그의 이름은 범달라야(梵達喇夜)이며 삼계의 군주 검닐한의 수하인 업의 판관이다. 그의 집무실 현관에 이르는 길 양쪽에는 횃불이 연이어 켜져 있다. 그는 집무실 안의 연단에 자리를 잡고 앉아 있었으며 밝은 갈색 옷을 입고 있었다. 그의 자리 양옆에는 전등이 희미하게 빛나고 있었으며 그 빛에 반사된 얼굴의 두 눈은 형형한 빛으로 산과 혜설을 뚫어지게 바라보고 있었다.

"어서 오시오, 환 대사님!" 범달라야의 우렁찬 목소리가 내면으로 힘차게 전해졌다. "우주의 대도인께서 이곳까지 저를 찾아오시다니 영광입니다."

"안녕하시오. 이번 여행에 저의 제자들이 동반하였습니다."

산과 혜설이 오른손을 왼쪽 가슴에 얹고 경배를 드린다. 범달라야가 짐짓 겸손한 척 웃으며 말했다.

"늘 신과 함께하시고 전지전능하신 도인께서 몸소 제자들과 함께 오셨구려."

"예, 염라대왕! 이 영혼들에게 가르침을 베풀어 주시기 바랍니다."

"하하하! 저를 대왕이라 부르시는군요. 저는 신성한 재판소 안의 아둔하고 인정머리 없는 존재에 불과합니다.

"아, 영혼들이여! 내가 무슨 말을 해 줄 수 있겠소?

"인간은 반드시 자신이 헤아릴 수 없는 장구한 세월을 통하여 광물, 식물, 동물을 거쳐 인간이라는 의식 단계에 도달하였다는 것을 깨달아야 해요. 그리고 각 단계 내에서도 각종 종을 섭렵하며 진화해 온 것을. 그대들이 광물, 식물 단계를 거쳐 동물의 단계로 진화하였을 때 미물에서부터 곤충류, 양서류, 어류, 조류, 파충류, 포유류, 영장류를 거쳐 인간이 되었다는 것도 말이오. 그렇지 않고서 어떻게 다른 모든 존재에게 사랑과 자비를 느끼고 줄 수 있겠소?"

"……!"

"당신들이 사는 지구는 가장 부정적인 곳이요. 성령이 고갈되어 거의 반 죽음의 상태에 있어요. 하여 모든 영혼이 우리가 빛이라 부르는 영을 갈구하지요. 지구라는 세상은 가히 쓰레기장이라 불러 마땅하오. 그 세상은 병들어 있소. 그 어느 때보다 더 말이오. 인간들은 이에 책임을 져야 해요."

범달라야는 때로는 우렁찬 소리로 때로는 전자대기를 통하여 텔레파시로 그의 메시지를 전달하였다.

"인간은 각자 영으로서 신의 궁전에 있다가 배움을 위해서 지구라는 큰 학교로 내려가지요. 그런데 자유의지가 주어져 그가 선택한 행위의 결과는 모두 자신이 책임을 지는 것이오. 여기에는 하부우주 세계에서 작용하는 업의 원리가 있소. 이는 원인과 결과의 법칙으로서 간단히 인과법칙으로 불리기도 하오. 이것은 작용과 반작용이라는 물리법칙에 해당하는 영적인 법칙이지요.

"그래서 어떤 행위이든 그 행위자는 그 결과를, 보상이든 처벌이든, 정확하게 받게 된다는 것이지요.

"그런데 사람들은 이 인과법칙에 익숙하기는 하지만 왠지 물리학의 작용 반작용 법칙만큼 그렇게 그 의미의 중요성을 충분히 인식하지 못하는 듯해요.

"이 업의 법칙은 하부우주 영계들에서 높은 존재에서부터 천사, 인간, 동물, 식물, 미물에 이르기까지 살아 있는 모든 것으로부터 그 모든 행위에 대하여 정확한 보상을 요구한다오. 아무리 사소한 행동일지라도 말이오.

"그러나 사람들은 일상적으로 인과법칙이라는 자연의 법칙보다 자신이 더 우월하다거나 이와는 무관하다는 착각에 빠져 있소. 인과법칙을 자신에게 적용하려 하지 않소.

"그래서 인류를 괴롭히는 비참한 문제들은 업의 원리가 작용하는 것을 모른다거나 무시하는 것에 기인하는 것이오.

"다시 한번 인과법칙이라는 배경에서 심오한 도덕을 추론할 줄 알아야 하오. 현재는 과거의 결과라오.

"이제 인과법칙에 따른 업은 우리에게 운명이라기보다는 보상이며 우리가 짊어질 책임이라는 것을 인식해야 하오.

"사람들은 왜 교회나 사원에 가오? 혹 업이나 책임으로부터 쉽게 벗어나고 싶은 이기심 때문이오? 자연의 법칙인 업의 법칙을 위반하면서도 그 결과는 피하고 싶어서이오? 자신이 섬기는 신에게 이 법칙을 비껴가게 해 달라고 기도하는 것이오?

"이 업의 결과는 아무도 대신해 감당해 줄 수 없소. 오로지 자기 자신이 감수해야 하오.

"사람들은 자신이 삶에서 진 빚은 기꺼이 갚아야 하오. 모든 업은, 선한 것이든 악한 것이든, 그 경험을 통하여 궁극적으로 자신을 깨달음에 이르게 해 준다는 것을 알아야 하오.

"업을 갚는 데는 공소시효 같은 것은 없소. 그러니 죽은 후에도 업의 빚은 그대로 남아 있소. 사실 우리는 죽지 않는 영원불멸한 영이오. 이것이 우리의 진정한 정체(identity)라는 말이오. 그래서 남은 빚은 다시 환생하여 갚아야 하는 것이오.

"그 누가 우리가 죽으면 바로 천국이나 극락에 가게 해 준다고 달콤하게 말하던가요? 그걸 정말 믿었다면 참으로 천진난만한 것이오.

"혹 잘 버티면 업의 빚을 갚지 않아도 되리라 믿을지 모르지만 이건 큰 오산이오. 몇 생이 거듭된 후에도 갚게 되기 때문이지요. 흔히 업의 빚을 망각하고 왜 자신이 이런저런 업을 치러야 하는지 몰라 억울한 듯 원망하면서 불만을 호소하는 사람들이 많이 있소.

"우리는 여기에 오는 영혼이 다음 생에 환생하여 자신의 업을 최적으로 해소할 환경을 선택하도록 도와주고 있소. 이러한 영적인 선택은 지상의 물질적인 가치와는 아무 관련이 없는 것이오. 환생은 영혼이 인과법칙에 따른 결과를 해소하게 해 주는 영적인 방책이오.

"자, 그럼 그대들은 이곳에서 저승사자 역할을 하면서 감화소에서 많은 것을 배우도록 하시오."

산과 혜설은 범달라야에게 경의를 표하고 물러났다. 이윽고 그들은 환의 안내를 받으며 성광계에서의 복무를 시작하기 위해 감화소로 향했다. 환이 말한다.

"범달라야의 업의 처분은 그야말로 가차 없기 이를 데 없다. 자네들은 업의 집행과 환생의 기제를 잘 관찰하고 반드시 배우는 바가 있어야 하네."

"네, 스승님."

***

일명이 묻는다.

"감화소에서는 뭘 하는 거야?"

"사후에 영들이 이곳에서 주로 성격장애와 같은 문제를 치유 받아요. 이런 목적으로 감화소는 특별하게 설계되고 설정이 되어 있어요. 그래서 각 영은 적재적소에 배치되어 감화를 받게 되죠."

"그런 다음, 뭐, 천국이나 지옥에 가는 것이 아니고?"

"네, 감화소는 영들이 교화를 받고 이어 자신의 업에 따라 지상에 환생할 준비를 하는 곳이에요."

"그럼 그곳에서 무슨 일을 한 거야?"

"주로 성격교정과 인성개발 업무 등을 많이 도왔죠. 때로 저승사자 일도 했어요."

사후에 영이 저세상으로 갈 때 보통 성광계로 간다. 그러나 높은 의식을 달성한 영은 감화소를 거치지 않고 그 의식 수준에 맞는 높은 곳으로 가게 된다. 그리고 누군가 영을 마중하는데 부모나 친척이 나오거나 지상에서 신봉한 해당 종교의 지도자일 수도 있다. 천록궁도인의 경우는 궁도의 대도인이 직접 마중 나오며 업의 판관 앞에 불려 가지 않아도 된다. 이 대도인이 바로 그 궁도인의 업의 군주가 되기 때문이다. 다른 경우 업의 판관을 시중하는 저승사자가 마중 나온다. 주로 일반인들의 경우다.

"혜설은 특히 작가나 예술가들의 영혼을 교화하기도 했어요." 산이 덧붙인다.

"하긴, 그런 사람 중에 특이한 성격이 많지!"

"자네는 어떤 영들을 교화했어?"

"저는 사회나 국가의 지도자, 정치인, 기업인에 관심이 많았어요." 산이 답한다.

"그중 나쁜 놈들이었겠지?"

"물론이죠. 이들이 다시 환생하면 또 무슨 짓을 할지 모르니까요."

"하하하!"

"그리고 우리는 영들이 업에 따라 그 환생의 시기와 환경이 어떻게 결정이 되는지 직접 보고 알고 싶었어요."

"우리가 짐작하듯이 정말 아주 정확하고 정밀하게 이루어지는 거야?"

"그러리라 믿죠. 영계의 일을 우리가 어떻게 다 알겠어요? 근데 어떤 여지는 있는 거 같았어요."

"……?"

"실타래같이 얽힌 업의 뭉치에서 영의 어떤 특정한 인과를 추려 내어 업을 배치하는 과정에서 그 실행 시기, 속도 그리고 환경 설정 같은 데에서요."

"바로 환 스승님도 주도권을 가지고 업을 배치하고 실행하시잖아요."

"그래! 바로 그런 가능성이야!"

"혹시 이걸 가지고 뭔가 한 거 아니야?"

"뭐, 감화소에서 봉사하면서 우리가 원한 것은 비상한 영들을 골라 한국에 환생시켜 사회에서나 반야궁에서 영적 인재로 키우는 것이었어요."

"와! 또 하나의 원대한 계획이로구먼!"

"사후 바로 감화소에 온 이들의 인과를 살펴 한국에 환생시킨다?"

"그들과 상담을 통하여 그런 선택에 동의할 만한 가치를 일러 주는 거죠."

"앞으로 다음 세기에도 세계를 주도할 나라니까요."

"주로 어떤 영들이야?"

"과학자, 예술가, 사회·정치지도자 등이에요."

그동안 인간들은 과학으로 물질문명을 발전시켜 자연을 파괴적으로 정복해 왔다. 화석연료, 원자력을 통해 동력을 얻어 왔으나 그 악영향이 쌓여 왔다. 기후변화나 방사성 물질의 유출 등이다. 갈등과 전쟁으로 먹고사는 세계질서 교란 세력이 세계 곳곳에서 크고 작은 불화나 전쟁을 일으킨다. 그럼에도 우주의 순환 주기는 이제 황백전환의 시대를 열어 황인종의 역할을 요구하고 있다. 이에 대비하여 산과 혜설은 성광계 감화소에서 만나는 다양한 인재들을 한국에 영입하여 환생시키는 일을 수행한다. 각각의 영에 대하여 최적의 환생 조건을 제공한다. 그들의 능통한 영어가 이를 수월하게 한다. 과학자, 기술인, 식량 생산자, 작가, 예술가, 지도자 등 다양한 부류다. 그리고 금세기 후반에 다가올 지구 대격변에 대비해야 하며, 다음 세기 초부터 훗날 예상되는 지구인과 외계인과의 투쟁을 대비해야 한다.

***

청화는 반야궁에 입궁하기 몇 달 전에 천록궁도에 입문하였고 경찬은 입궁 바로 전에 입문하였다. 제1단계 입문식은 꿈속에서 이루어진다. 이들은 궁에서 집중적인 수련을 하여 몇 개월 정도 지나 비교적 수월하게 다음 제2단계에 입문하였다. 즉 성광계의 수준에 진입한 것이다. 꿈의식 상태에서 성광계에 가 여러 곳을 탐험한다. 자각 상태의 몽체(夢體)로 여행하는 것이다. 몽체여행은 영체여행의 낮은 수준의 이동이다. 이제 수련이 더 깊어짐에 따라 경찬과 청화도 영체여행으로 성광계를 찾아간다.

하부우주의 제일 아래에는 제1계인 현상계가 있는데 판계(版界)라고 불린다. 여기에는 거친 물질적 현상계가 포함되며 행성들, 소행성들, 별들, 태양들, 달들 및 성좌들이 있다. 이 판계는 창조의 가장 하부에 있으며 모든 창조의 부정적인 극점이다. 제2계는 알처럼 보이는 데서 난계(卵界)라고 불린다. 이곳은 아스트랄계로 알려진 성광계를 포함하고 있다. 난계는 판계보다 더 광대하며 그 원자의 구조나 진동 활동이나 밀도의 정도에 있어서 더 미세하다. 그리고 더 높은 곳으로 올라갈수록 영적 질료의 농도가 증가하며 훨씬 더 긍정적이다. 그 위의 제3계는 범계(梵界)라 부르는데 '범마(梵摩)의 알'을 뜻한다. 여기에는 아래에서 위로 인과계, 심식계 그리고 잠의계가 포함된다. 범계는 난계보다 그 영역과 공간 면에서 더 거대하며 그 아래 세계들보다 더 세련되고 더 많은 빛으로 차 있다.

물성이 판계를 지배하듯이 영성이 범계를 지배한다. 난계는 그 중간 정도이다.[9]

경찬과 청화가 산과 혜설의 안내를 받아 성광계를 방문한다.

"저기가 난계 우주의 중심부인 성광계야." 산이 둘에게 말한다.

"와! 지상보다 더 크고 진짜 멋지네. 모든 게 더 높고 빛이 나!"

"그래서 사람들이 이곳을 천국으로 착각하기도 해."

"와, 저기는 궁전 같아. 대문과 건물들이 진주, 다이아몬드, 에메랄드, 사파이어 등 각종 보석으로 휘황찬란하게 장식되어 있어."

"그러니 신이 거주하는 천상의 궁전으로 보이기도 하겠지."

"이곳 존재들은 지구인에 비하면 마치 천사처럼 보여."

"그래. 여기 사람들의 신체는 더 가볍고 진동수가 더 높아. 그래서 더 순화한 의식상태를 갖고 있어. 실은 사람들이 꿈을 꿀 때 이 성광계의 의식상태로 많은 시간을 보내지."

지구상의 많은 종교가 이 성광계에 그 거처를 두고 있기도 하다. 그 신자들은 이곳이 바로 자신의 사후에 도달할 수 있는 지고의 자리라 믿는다.

"으음."

"자, 그럼 이곳의 수도로 가 볼까?"

"이름이 뭐야?"

"사하슬련(斯何瑟蓮)이야."[10]

산과 혜설이 오래전부터 데이트를 즐기며 거닐던 도시다. 우리의 옛 서야벌(徐耶伐)이다. 이것이 다시 셔블, 서울이 된 것이다. 도시는 높은 벽으로 둘러싸여 있고 그 벽 뒤에는 거대한 빛의 산이 있다. 우리말로 '밝산', '백산', 또는 '태백산'으로 부르는 산이다. 산의 정상으로부터 수백만 가닥의 빛살이 쏟아져 나와 청명한 하늘의 위아래로 흘러간다. 다시 그 빛들은 장엄한 태양의 빛으로 흐려진다.

"자세히 봐 봐! 하나의 거대한 빛을 가운데 두고 천 개의 다른 빛이 모여 이를 둘러싸고 있지?"

"그래, 각각 거대한 연꽃 모양을 하고 있네."

"그래서 사하슬련의 뜻이 '천 개의 꽃잎을 가진 연꽃'이래."

"으음."

"그 천 개의 꽃잎으로 묘사되는 영류(靈流)는 영안이 트이지 않은 사람에게는 하나의 영적인 불꽃처럼 보이지. 흔히 지상의 교회나 사원에서 희미하게 타고 있는 촛불은 성광계의 불꽃을 겉으로 흉내 내는 것이야."

"그렇구나!"

"자, 이제 좀 더 걸어 볼까?"

거리 양옆에 하얀 벽이 세워져 있었다. 모든 것이 부드럽고 하얀 돌로 만들어진 것 같았으며 태양 빛에 반짝거리고 있었다. 높은 벽 위로 백색의 둥근 지붕의 건물들이 올라와 있다. 돔 사원처럼 보였다. 어디서나 사람들은 기쁨에 넘쳐 고개를 들고 활보하고 있었다. 젊고 삶에 대한 환희가 넘쳤다. 하얀 외투 모양의 옷차림은 소박하고 가볍다. 외투는 짧은 소매에 무릎 높이다. 어디선가 감미로운 음악 소리가 들려온다.

"저기 봐! 저것들 비행접시 아니야?"

"여기에도 나타나네!"

"그래, 얘들은 아래 판계의 상층위에 있는 태양계나 월계에서 온 것들이야."

"자, 우리의 과학자님! 이 비행체들은 우주 에너지의 한 형식을 이용하고 있는데, 간단한 것이지만 지구인들은 아직 원자를 일상 에너지로 변환하는 과정을 모르고 있어."

"오, 어떻게 배울 수 있어?"

"나중에 박물관에 한번 가 보자."

"그래!"

"자, 이제 '빛의 산'인 백산으로 가 보자."

"꼭대기에서 거대한 빛줄기가 쏟아져 나오는 게 너무 눈부셔 거의 쳐다볼 수가 없어."

"화산 같아."

"와, 정말, 이 빛들을 어떻게 표현해야 하지? 다양한 색깔, 오묘한 소리 말이야."

"이 거대한 빛들이 우주 세계들로 쏟아져 들어가는 것이지. 이곳이 바로 성광계와 물질계의 발전소이고 창조의 중심지야."

"……!"

"자, 이제 이 빛을 뚫고 지나가 보자."

"그래."

“저기 희미한 빛에 싸여 있는 넓은 방이 있는데!”

“응, 들어가 보자.”

“와! 천장에 뭐지? 그림들이 잔뜩 그려져 있어.”

“이 그림들은 태곳적의 세렛족(Seres)의 역사를 그려 놓은 거야.[11] 이들은 아주 강대한 존재들로서 성광계의 아득히 머나먼 역사에서부터 등장하는데 수많은 자들이 하부 세계들을 탐험하면서 지구상에도 그들의 흔적들을 남겼다고 해. 어쩌다 거인의 인골들이 발견되었다는 보고를 접하기도 하는데, 신장이 5m 내외이거나 더 작게는 2m 내외였다고 해. 너무 커서 논란이 있지만, 실은 이 종족이 레무리안과 아틀란티스인의 조상이라는 거야. 많은 행성의 단체들이 특히 우주인들이 세렛에서 왔는데 아주 뛰어난 지식과 영적 능력이 있었다고 해.”

“그래, 실제로 세계적으로 거인족(titan)에 대한 신화나 전설이 많지.”

“세간에 고대 희랍에 비단을 전해 준 동쪽의 사람들을 비단족이라는 뜻으로 세렛족이라고 불렀다고도 하지.”

“비단족이라면 실은 우리 겨레하고 관련이 있지 않을까? 실제로 대륙에 거주했을 때 비단을 생산하기도 했잖아.”

“뭐, 그 뮤 대륙 사람들이 아시아로 건너와 당시에 비옥했던 고비사막 지역을 중심으로 '위구르'라는 큰 제국을 건설했다지. 그들 중 나칼(Naacals)로 알려진 영적 사제단이 성서를 석판에 기록하여 전했다고 해."[12]

"그런데 몽골족이 그 제국의 후손에 속한다고 하더라고."

"우리도 몽골족이라 하지 않아? 뭐 몽고반점 같은 거 말이야."

"그리고 고대의 우리 왕이나 장수들이 거구였다는 역사 기록도 있어. 우리 배달 동이를 단(檀)족이라고도 하는데 이게 거인족을 뜻하는 타이탄일 거야."

"근데 여기서 '위구르'가 '구리, 구려, 구루, 고리, 무쿠리, 무구루, 무굴' 등과 연관되어 우리와 모종의 관계가 있는 것으로 보이는데."

"'몽골'도 '무굴, 무구루, 무쿠리' 등으로 바로 이해돼."

"그래, '무쿠리'는 고구려의 별칭이고, '무굴'은 몽골족이 인도에 세운 제국이었잖아?"

"……!"

"그런데 지각변동, 홍수 등으로 고비 지역이 황폐화하여 멸망한 후에 생존한 나칼 사제들이 폐허를 뒤져 석판 기록들을 수습하여 서쪽으로 갔다는 거야. 그렇게 그 후손이 티베트의 산간 지역에 정착하였고 그 기록들이 사원에 은밀하게 보관되었다는 거지."

"아, 그래서 우리 스승의 스승님이 티베트에서 그러한 영적 전통을 만나게 된 거구나."

"하하하! 흥미 있는 이야기는 이 정도하고 다음에 또 만나 여행하자."

"그래."

***

다시 산과 혜설은 경찬과 청화를 안내하여 성광계 여행을 이어 나간다. 반야궁의 캄캄한 동굴 방에서 폐관 수련을 하고 있던 경찬과 청화는 밤이 되면 영체여행으로 그들을 속박하던 몸을 벗어 버리고 성광계로 훨훨 날아올라 가곤 한다. 밖에 있는 다른 궁인들은 폐쇄된 방에 남긴 그들의 몸에 접근할 수 없다.

산이 말한다.

"자, 이번에는 성광계 안에 있는 다른 곳에 가 보자. 아사달련(阿斯達蓮)이라는 곳이야. 우리의 아사달이지.[13] 이곳은 아주 순수한 지역인데 우주의 영성인들에게 아주 중요한 곳이야. 그러나 실제로 이곳을 가 본 사람은 많지 않아."

"누구나 이 높고 밝은 곳에 올라오면 천국이라고 생각하겠지?"

"그렇겠지."

일행은 이 아름다운 도시를 두루 구경하였다. 이루 말로 표현할 수 없었다. 이곳 사람들은 늘 어떤 창조적인 예술작업을 하느라 분주하다. 실제로 아무도 상업적인 직업에 종사하지 않는다. 모두 자신들의 특성을 발전시키기 위하여 모종의 예술 형식을 열심히 추구한다.

혜설이 일행을 보고 말한다.

"자, 여기에 왔으니 우리 미러(Mirror) 호수에 한번 가 보자. 산과 내가 종종 데이트할 때 오는 곳이야."

일행이 호수에 다다라 바라보니 보트들이 한적하게 푸른 호수의 물 표면을 가르며 나아가고 있었다. 호수는 바다를 방불케 한다.

"우리도 뱃놀이를 좀 할까?"

"좋아."

일행은 호숫가의 모래사장을 걷는다. 호수는 수정같이 맑고 푸르다. 반짝거리는 수많은 잔잔한 파도들이 연달아 호숫가로 밀려와 모래를 쓰다듬다가 다시 천천히 호수로 밀고 돌아간다. 시원한 바람이 파도 위를 스치며 불어온다. 저 멀리 수평선은 하늘과 만나 하나가 된다.

이옥고 일행은 보트를 한 척 찾아 타고 호수 위를 미끄러지듯 달린다. 산이 키를 잡고 있다. 이어 이들은 호수의 수평선을 향해 나아갔다. 파도를 헤쳐 나가면서 산이 말한다.

"이 호수의 물은 실은 수많은 영으로 이루어진 우주 생명의 바다야. 이들은 신의 완벽함에 이르는 길을 찾으려 애쓰는 상상할 수 없이 많은 아직 미발달된 영들이야!"

"오, 작은 빛들이 보여. 수많은 빛이 한없이 서로 겹쳐 있어. 마치 우리가 저 영들의 빛에 감싸여 있고 저 넘실대는 호수의 물을 헤치며 이동하는 것 같아."

"마치 '사랑의 호수'라고나 할까! 이 넘치는 사랑이 이 영계의 저 광대한 여러 층위로 흘러 들어가고 있는 거야."

이옥고 일행이 뱃놀이를 한껏 즐기고 호숫가로 돌아온다. 배에서 내리자 산이 말한다.

"자, 이제 호숫가 길을 걸어 보자."

혜설이 앞장서며 그들은 호숫가 숲속의 오솔길을 따라 걸었다. 그녀는 경찬과 청화에게 좁은 길 양옆의 온갖 종류의 나무, 풀, 돌, 바위, 시냇물,

새, 푸른 하늘, 하얀 구름을 가리키며 그들의 가슴에 안겨 준다. 경치가 너무 선명하고 아름다워 말로 표현할 수 없을 정도였다. 언제나 상쾌하고 발랄한 선율이 끊임없이 흐른다. 모차르트 특유의 선율을 듣는 것 같다.

일행이 둘레길에서 돌아와 호숫가에 있는 벤치에 앉아 호수를 바라보며 이런저런 이야기를 한다. 성광계에 오면 반드시 들러 보아야 할 곳이 있다. 성광계의 군주는 성록궁에 거주하고 있는데 그 이름은 조닐한(操昵汗)이다. 일행은 위로 솟아올라 성록궁의 한 사원을 향해 갔다. 이곳은 환을 포함한 영적 스승들이 사도들에게 가르침을 전하는 곳이기도 하다.

"이제 저기 사원 근처에 있는 성광계 박물관으로 가 보자." 혜설이 말한다.

"와, 방대하다!"

"이 박물관에는 지구에서 발명되었고 앞으로 창조될 모든 것의 원형들이 있어." 산이 말한다.

"사람들은 비몽사몽간에 이곳에 오기도 하고, 어떤 사람들은 명상 상태로 오기도 하지. 유명한 발명가들도 꿈의 상태나 성기체 투사로 이 박물관을 방문하여 자기들의 의문에 대한 실마리를 찾았다고 해."

"작가나 예술가 또는 다른 창조적 분야의 사람들도 이 박물관을 방문하면 좋겠네."

“난 지상의 과학자들이 여기 와서 전기를 간단하게 생산하는 획기적 방법을 알게 된다면 좋겠어.”

“그러면 화석연료나 원자력을 통해 전기를 생산하여 그 괴물 같은 전신주들을 곳곳에 세워 호들갑을 떨어 가며 송신할 필요가 없겠지.”

“그래! 가정이나 회사나 공장에서 각기 독립적으로 소중대 규모의 무공해 장치를 통해 전기를 초저가 또는 거의 무료로 생산할 수 있게 말이야.”

“그러면 인류의 해방에 막대한 도움이 될 거야!”

이제 일행의 원대한 계획에 필요한 탐구를 할 차례다. 단적으로, 핵무기 무력화와 방사성 물질 중화다. 성광계의 박물관에서 원자탄과 수소탄과 같은 핵무기 설계구조와 작동원리를 알 수 있다. 각종 미사일도 마찬가지다. 이 무기들의 위력을 와해시켜 버릴 수 있는 결정적인 요체를 파악할 수 있다.

“이제 우리 두 영적 합일체 팀이 자주 여기에 와서 공부하고 연구해야 해. 핵무기들의 소재가 파악되면, 그 무기 내부로 들어가 구조를 파악하고 어느 부분이 핵심인지 판단되면 바로 백광총을 쏘아 진동을 높여 그 성분을 변화시키거나 와해시키는 거야.” 산이 경찬과 청화에게 말한다.

“그래!” 그들이 고개를 끄덕인다.

"우리 두 팀이 힘을 합하면 효과가 더 강력할 거야." 산이 말한다.

"우리가 방사성 물질을 중화하는 성분을 개발해 볼게." 경찬과 청화가 말한다.

"그래, 이 박물관에는 이미 그러한 물질을 만드는 정보가 있을 거야." 혜설이 말한다.

일행은 돌아가는 길에 근처의 자래보(紫來寶) 공원에 가서 거닌다. 산과 혜설이 즐겨 찾는 곳이기도 하다. 언제나처럼 온갖 꽃들이 피어 있고 호수와 나무숲, 푸른 하늘, 하얀 구름이 아름답기 그지없다. 공원의 시냇가를 걸으니 역시 산과 혜설이 듣던 감미로운 음악이 들려온다. 베토벤의 전원교향곡 2악장에 나오는 음률과 비슷하다.

***

산과 혜설은 영적 수련을 계속하여 하부 우주인 삼계를 넘어 더 높은 단계인 순수한 영적 세계로 진입하였다. 그 첫 단계가 제5단계인 영혼계이다. 이 단계에 오르면 대스승은 그의 권위로 제자의 업을 해소해 줄 수 있다. 이후 그들은 출궁 전 성광계에 머무를 때까지 다음 단계인 알락계에 이어 아감계로 진입하였다. 천록궁도인으로서 이만한 경지에 오른 자들은 그리 많지 않다.

한편 그들은 성광계를 더 집중적으로 탐구하며 이 세계에서의 경험을 쌓아 간다. 성광계가 지구와 가까워 더 밀접하게 연관되어 있기 때문이다. 이곳은 지상보다 변화의 속도가 더 빠르다. 진동이 더 높아 더 유동적이기 때문이다. 그리고 지구에서보다 생각이나 상상의 힘이 더 강력하다. 혹 우리가 잘못 생각하면 어떤 것을 창조하는지도 바로 볼 수도 있다.

특히 성광계의 하부 층위는 지구와 큰 차이는 없다. 폭력과 부정적인 세력들이 난무하는 곳이기도 하다. 우리에게 종종 보이는 미확인비행물체(UFO)는 바로 이 지역에서 출몰하는 것이다. 산과 혜설은 그 활동상을 주시하고 비행체의 기관과 자기공명에너지와 같은 종류의 동력을 탐구한다. 이곳은 각종 비행접시, 우주선, 가공할 무기들이 있으며 지역의 탈선한 무법자들이 그곳 경찰대의 감시를 따돌리고 언제 지구에 난입할지 모른다.

산과 혜설은 우리 태양계의 다른 행성들도 여행한다. 여러 행성의 명소들을 둘러보고 특히 그곳 사람들의 생활과 기술을 접해 본다. 미래에 이들이 지구를 도모하려 할 것이기 때문이다. 주로 목성, 화성, 금성 등이다. 목성인의 침입은 다음 세기의 문제가 될 것이고 다른 행성인들은 먼 미래의 일이기는 하다. 지구인들의 대비가 필요하다는 것을 우선 알려야 한다.

그들은 상부 영계의 비전이 하부세계에 어떻게 실현되는지 고찰하여 세상의 흐름을 파악하고 여러 일을 수행한다. 인류가 쌓은 업으로 3차 대전이 발발할 가능성이 있다. 지리산 영적 결사대는 한반도의 안전을 지키기 위해 영적 소임을 다할 것이다. 영성인은 세상의 배후에서 각종 재앙을 방지하고 부정적인 힘을 중화시키는 일을 게을리할 수 없다.

***

산, 혜설, 경찬, 청화는 성록궁 사원에서 스승 환을 모시고 정기적으로 모임을 갖는다. 여기서 각기 임무 수행을 위한 준비, 실행 과정 등을 논의한다. 이들이 궁에 입궁한 것은 벌이라기보다는 다른 임무 수행을 위한 준비를 통해 더 많은 배움의 기회를 얻기 위한 것이다.

반야궁에 들어온 지 거의 3년 가까이 되는 어느 날 이들이 성록궁 사원의 정보실에서 모인다.

"자, 화면에 북한의 지도를 올려놓아 보게." 환이 말한다.

"네."

"이제 자네들이 그동안 원격투시를 통하여 파악한 정보를 이 지도 위에 모두 표시해 보게."

"네, 미사일 기지는 푸른 점이고요, 핵무기 소재지는 붉은 점입니다."

지도 위에 푸른 점들이 북한의 거의 전 지역들에 위치한다. 붉은 점들은 주로 제한된 푸른 점들 근처에 보인다. 영변 이외에 몇 군데가 더 있다.

"으음, 자네들 네 사람이 감당할 수 있을 것 같구먼."

"네, 북한 전체를 네 구역을 나누어 각각 맡은 곳을 수시로 주시하고 있습니다."

"그래. 직접 원신으로 가서 구조를 보고 만져 보고 어느 곳이 핵심적인 요체인지 늘 파악하고 있어야 할 것이네."

"네."

"이동식 발사대도 이동에 대비하여 수시로 위치를 파악하고 있습니다. 그리고 수중 발사용 잠수함의 위치도 추적할 수 있습니다."

"그래, 그래! 대단하구먼, 허허허!"

"……!"

"으음, 이제 때가 된 것 같네!" 환이 고개를 들어 창공을 바라본다.

***

일행을 태운 승합차가 경부고속도로의 거의 끝에 도달하고 있다. 경찬이 운전을 하면서 일행에게 소리를 높여 급히 소리친다.

"모두 앞을 봐 봐요!"

"왜?"

"저 앞에 이층버스가 급하게 안쪽 차선으로 들어오려다 미끄러져 곧 쓰러지게 생겼어요." 경찬이 2배속으로 말한다. "이대로 가다가는 우리 차가 넘어지는 버스에 그대로 깔릴지도 몰라요. 지금 옆 차로에는 차들이 들어차서 차선 변경이 어렵고요. 멈추기도 곤란해요."

잠원IC를 지난 곡선구간에서 버스가 공간이 충분하지 않음에도 차선 변경을 하려고 무리하게 비집고 들어오려다 바퀴가 미끄러운 길을 견디지 못한 것이다.

"경찬, 그대로 직진하여 통과해!" 이때 산이 급하면서도 침착하게 말한다. "모두 준비하세요! 진동수를 최대로 높여요!"

산과 혜설, 경찬과 청화는 이미 수련한 대로 실행 중이다. 한원, 조석, 연철, 일명도 함께 '휴'를 부르며 진동수를 높이는 것을 가속한다.

잠시 후 일행의 승합차는 같은 차로에서 쓰러진 버스를 뒤에 두고 천천히 달리고 있었다. 차와 내부의 진동이 높아져 차의 물성이 순간적으로 영성으로 변화하여 앞에서 쓰러지는 대형버스를 바로 통과한 것이다. 차와 일행은 하나의 상처도 없이 다 온전하다. 이들에게 이런 일은 앞으로도 일상적인 일이 될 것이다. 이것을 누가 보았다면 승합차가 순간 사라졌다가 다시 나타났다고 할 것이다. 이러한 장면은 뒤 차량의 블랙박스에도 그렇게 보일 것이다.

"역시, 우리 경찬 도사님이야!"

"하하하!"

승합차는 계속 달려 광화문 앞에서 잠시 멈추어 선다.

"다들 안녕히 가십시오!"

승합차가 승객들을 내려 주고 조석이 다시 운전대를 잡아 한원을 태우고 떠난다. 일행은 다시 모일 것을 상기하고 어디론가 총총히 사라졌다. 이들의 두 발이 정말 땅에 닿는 것인지 아닌지 그 누가 관심을 기울이겠는가! 산과 혜설은 산의 어머니 집으로 갔을 것이고 경찬과 청화는 청화의 아파트로 갔을 것이다.

인간사

2027년 2월 5일 금요일에 산과 혜설, 경찬과 청화는 반야궁을 출궁하고 3월 봄이 되자 중순에 함께 결혼식을 올렸다. 이미 내면에서 영적으로 하나가 된 두 쌍이 이제 지상에서 외적으로도 하나가 되는 것이다. 혜설은 산이 입궁한 후 그리고 자신이 입궁하기 전 한 달 동안 산의 어머니에게 가서 함께 지냈다. 청화는 늘 경찬에게 어머니 같은 여인이었다.

그들은 한원, 조석, 연철, 일명 등 가까운 동료 궁도인들을 위주로 초대하여 형식을 차리지 않고 서울의 한 자그마한 호텔에서 조촐하게 결혼식을 올렸다. 스승 환이 두 부부에게 무한한 신의 축복을 내려 주셨다. 이에 산의 어머니, 경찬의 아버지, 청화의 부모가 진심으로 감사를 드렸다. 미국에 있는 산의 양부모와 혜설의 부모는 참석하지 못하고 대신 축하의 메시지를 전해 왔다. 이 두 부부의 결혼은 커다란 영적 의미를 지닌다. 이들로부터 퍼져 나가는 영적 에너지의 파장은 그들이 사는 전 지역의 부정적 에너지를 중화시켜 줄 것이다. 한 지역에 영성인이 살거나 영적 단체가 있다는 것은 일반 지역 주민에게는 잘 인식되지 않는 커다란 축복이 아닐 수 없다.

뒤풀이 장에서 일명이 새 부부들을 향해 재담을 던진다.

“나 재네들처럼 밋밋하게 연애하는 것 처음 봤어. 밀당도 없고 갈등이나 해소 과정도 전혀 없이 말이야.”

일행이 이에 공감하며 모두 웃는다.

“천록궁도인의 연애는 인간적이기보다는 영적이라서, 하하하!”

“그래, 뭐, 영혼 합일을 하였다니……”

“부정적인 감정에 빠지지 않고 마음이 짓는 경계들을 다 넘어섰으니……”

“에이, 재미 하나도 없어!”

“뭐, 천상 세계의 즐거움을 함께하기에도 시간이 부족할 테니까!”

“하하하!”

* * *

결혼식을 올린 날 밤 산은 성광계에서 그의 아버지를 만났다. 더 정확히 말하면 그의 아버지 영이 그곳에 남긴 복사본 영이다. 산은 아버지에게 혜설과 결혼한 것을 알린다. 그리고 그녀와 함께 어머니를 모신다는 것도 전해 준다. 그리고 그의 억울한 누명을 해명해 드린 것에 대해 언급한다.

"제가 처음에는 두 분의 복수를 위해서 그놈들을 모조리 죽여 버리겠다고 다짐했습니다. 그러나 어느 땐가부터 누군가를 파멸시킨다는 것에 별 관심이 가지 않았습니다. 가해자와 피해자는 결국 언젠가는 만나게 되어 있어요. 지상의 인생은 양쪽 모두에게 너무 짧은 거라는 것을 알았습니다."

"아들아, 너에게 한없이 미안할 뿐이다. 어린 너를 두고 전혀 돌봐 주지 못하였으니 말이다. 너의 어머니에게도 말할 수 없이 미안할 뿐이고."

"다 이해해요!"

"그래. 우리가 과거의 사건을 바꿀 수는 없다. 하지만 그 과거를 보는 관점은 바꿀 수 있을 것이다. 그러면 우리 자신을 보는 방식도 바꿀 수 있겠지."

"네, 지당한 말씀입니다. 이제 모든 업을 떨쳐 버리고 영계에서 부디 영락을 누리십시오!"

경찬도 결혼식을 올리고 나서 자기 어머니를 영계에서 재회하였다. 고인은 평행우주의 다른 차원에서 그대로 살고 있다. 어린 자신을 남겨 두고 집을 떠나 버린 어머니를 기다리며 울다가 잠이 든 날들이 하루 이틀이 아니었다. 이유는 알고 싶지 않았다. 어머니는 경찬의 두 손을 꼭 쥔 채 그를 바라보며 미소를 머금고 한동안 그를 그윽하게 바라보았다. "청화와 결혼을 축하해!" 축하해 주는 어머니의 얼굴이 청화로 보였다. "이제 모든 업을 떨쳐 버리고 영계에서 부디 영락을 누리세요!"

* * *

4월의 어느 날 산은 양부로부터 연락을 받았다. 그의 양모가 임종을 맞이할지도 모르니 미국에 오기를 바라고 있다. 산은 부랴부랴 짐을 챙겨 미국행을 서둘렀다. 가는 길에 혜설이 동반한다.

로스앤젤레스 파사데나에 있는 한 병원이다. 양모는 심부전 진단을 받고 투병 생활을 해 왔는데 말기에 이르러 증상이 악화한 상태이다. 산이 병실에서 죽음 직전에 있는 양모를 마주한다.

양모는 호흡이 곤란한지 숨을 힘들게 몰아쉬더니 산을 보고 말을 한다.

"이놈아, 내 죽는 꼴을 보려고 나타났느냐? 너는 내 인생을 갉아먹은 버러지 같은 놈이다. 내가 죽으면 넌 말라 죽을 것이다. 이 저주받을 놈아!"

"당신의 양아들 제이슨은 이미 당신 손에 죽고 없습니다. 부디 천국에 가시기 바랍니다."

"그래, 이놈아! 넌 지옥에나 가거라!"

"바라카 바샤드!" 산이 마음속으로 그녀를 위해 기도한다.

산이 병실을 나오니 복도 옆 쉼터에 있는 의자에서 양부와 혜설이 이야기를 나누고 있었다.

"얼마 남지 않으신 것 같습니다." 산이 조심스럽게 양부에게 말한다.

"그런 것 같다." 양부도 짐작하고 있다는 듯이 말한다. "제이슨, 헤더! 너희 결혼을 축하한다. 내가 경황이 없었구나."

"……!!"

양부가 다시 병실로 들어간다. 곧이어 그가 혜설에게 손짓으로 들어오라고 한다.

산의 양모가 혜설을 보고 손을 잡으면서 낮은 목소리로 힘들게 말한다.

"얘야, 제이슨 잘 돌봐 주거라!"

"네."

그녀의 손이 아직은 따스했다.

"난 나의 남편을 싫어했었다. 그는 나를 사랑하지 않았어."

"……?"

"결혼 축하한다. 그래, 나가 보아라."

"네." 혜설이 마음속으로 '바라카 바샤드!' 하고 기도를 드린다.

혜설이 병실을 나오니 산과 그의 양부가 등을 보이며 서서 창밖을 보며 이야기를 나누고 있었다. 양부가 나직이 말한다.

"너의 양모는 늘 독소가 들어 있는 물로 가득 채워져 있는 잔과 같았다. 그 잔의 물을 조금이라도 다른 데로 덜어 냈으면 비운 만큼이라도 내가 다시 신선한 물로 채워 줄 수 있었을 텐데 말이야."

"……!"

"인간의 모든 질병은 업이라는 질병의 증상일 뿐이야.

"업이 주는 고통은 신의 사랑을 배우는 기회다. 우리는 고통이 싫지만 달리 보면 그것은 위장된 축복이다. 우리가 더 신과 같이 되도록 가르쳐 주는 과정이다."

"……!"

***

산은 양모의 장례식을 치르고 혜설과 동부에 있는 그녀의 부모를 방문할 예정이다. 그들은 코네티컷 햄든에 거주하고 있다.

밤 비행기 안에서 산이 임종 전의 양모에게 모진 말을 들은 것을 상기하며 혜설에게 말한다.

"병실에서 양모에게 그동안 하지 못했던 말을 해 드렸어. 나를 키워 주신 것에 감사드린다고."

"……?"

"돌이켜 생각하면 난 양모의 모진 학대를 받고 강하게 컸던 거야. 말하자면 그녀는 나를 독하게 다스렸던 독재지였던 거지. 나는 이에 저항하고 견디고 고통을 이겨 내기 위하여 영리한 전사가 되어야만 했어.

"결과적으로 나를 통제하고 단련하고 인내와 때를 알게 되고 의지를 기르게 되었지.

"그래서 그 독재자를 극복하고 어떤 고통도 즐길 수 있게 된 거야."

"……!!!"

"나한테는 따뜻하게 대해 주시고 결혼도 축하해 주셨어." 혜설이 산에게 알려 준다.

"오, 그랬어?

"난 양모가 자신이 신으로부터 온 영(Soul)이라는 것을 몰랐다는 것을 생각하면 참으로 안타까워.

"마음의 질곡에 빠져 양부와 같은 영성인을 바로 옆에 두고 말이야."

"그녀는 너(you)를 학대하는 것을 통해 네(you)가 진 빚을 스스로 차감해 준 것이 아닐까?" 혜설이 모든 상황을 축복하면서 말한다.

"하하하! 그럴듯하구나."

***

밤을 새워 날아가 혜설과 산이 드디어 그녀의 옛집에 도착한다. 거의 11시이다. 집 주변의 나무들이 봄을 맞아 날로 푸르름을 더해 가고 있다. 햇빛 또한 따스하다. 어느새 6년이 넘는 세월이 흘렀다. 그들이 현관에 들어서자 혜설의 부모님의 얼굴이 눈에 크게 들어온다.

"어서 와!"

이들은 서로서로 격하게 포옹을 하며 인사를 나누었다.

"자자, 이리 와 앉아." 혜설의 어머니가 거실로 안내한다.

"이 서방, 결혼식에 못 가 봐서 미안하네." 혜설의 아버지가 말을 뗀다.

"아, 아닙니다. 제가 오히려 죄송할 따름입니다."

"허허허! 헤더가 대학 시절 자네와 사귄다는 것은 알았는데 이렇게 사위가 될 줄은 몰랐네." 결혼에 찬성하지 않았다는 것을 은근히 밝히는 것이다.

"네, 제가 앞으로 잘하겠습니다, 장인 어르신!"

"허허허! 그래, 앞으로 두고 보겠네, 사위!"

그동안 애지중지한 딸을 보내 주기가 몹시 서운한 것 같다. 그의 머리는 절반쯤 흰색으로 물들어 있다. 예일대에서 최상위에 속했던 혜설이 로스쿨에 진학하여 미국 사회에서 전문변호사로 활동하기를 기대하고 있었다. 그런데 뜻하지 않게 산이란 작자를 따라 서울에 가서 영어를 가르친다고 하니 부모로서 답답한 마음을 억누를 수가 없었다. 미국에 이민 와서 그 온갖 고생을 하며 살아온 것도 자식들에게 좀 더 나은 교육의 기회를 주기 위해서가 아니었는가.

부엌에서 혜설은 과일을 씻고 어머니는 커피를 내리고 있다.

"결혼하고는 어디서 살아?"

"시어머니 댁에서 셋이서 지내요."

"그래?"

딸이 홀시어머니와 같이 산다는 말을 듣고 겉으로 말을 드러내지는 못하고 걱정이 앞선다. 한국인 어머니의 공통된 정서일 것이다.

"저한테 정말 잘해 주셔요."

"그래." 혜설의 어머니가 다 포기한 듯한 어조로 말한다.

모두 거실에 둘러앉아 커피를 마시려고 한다. 혜설의 아버지가 거실을 둘러보더니 아들을 찾는다.

"대니는 어디 갔나?"

"글쎄요, 안 보이네요."

"찾아봐. 우리 커피 마시고 말이야, 다 같이 나가서 맛있는 점심 먹은 후에 너희들 결혼 기념으로 스튜디오에 가서 사진 좀 찍자." 아버지가 말한다.

"네."

혜설의 남동생은 어디론가 사라지고 보이지 않는다. 보스턴에 있는 공항으로 마중 나왔는데 그는 운전하며 집에 오는 도중 내내 말이 없었다.

"근처의 호수에 갔을 거야." 혜설이 짐작이 간다는 듯이 말한다. 전에도 혜설과 다투면 곧잘 가곤 했던 곳이다.

대니는 누나가 밑지는 놈한테 빠져 자신의 능력을 썩히고 있다고 생각한다. 이에 당연히 산을 원망하는 것이다. 산과 혜설은 대니가 인간 의식으로 그러는 것에 이해가 간다.

"헤이, 제이슨, 우리 휘트니 호수에 가 보자!"

"그래."

혜설이 산을 데리고 대니가 자주 가는 지점을 찾아간다. 호수의 맨 위쪽에 있다. 호수의 물결이 잔잔하게 보인다. 아니나 다를까 대니는 그곳 호숫가 벤치에 앉아 멀리 수면을 멍하니 바라보고 있었다.

"헤이, 대니! 여기서 뭐 하니?"

"왔어?" 대니가 얄팍한 조약돌을 하나 주워 수면 위에 물수제비를 뜨며 천천히 돌아본다.

대니는 산과 초면은 아니다. 둘이 대학 시절 연애할 때 몇 번 만난 적이 있다.

"삐졌어?" 혜설이 직구를 날린다.

"응." 대니가 아무 감정 없이 무표정으로 답한다.

"제이슨, 이 녀석 태권도로 한 방 갈겨 줘!"

"그럴까, 요 자식!"

"흥, 어디 덤벼 봐!" 대니가 맞장구를 친다.

"그래? 한번 뜨거운 맛을 보여 주지."

산이 대니를 향해 아주 느린 동작으로 왼손, 오른손 주먹을 연타로 날린다. 이때 대니가 오른팔, 왼팔을 뻗어 두 주먹을 연속 막아 내더니, 다음에는 진짜로 산의 배에 오른손 훅을 한 방 '퍽' 날린다.

"으악!" 산이 소리를 크게 지르며 배를 움켜쥔다. 혜설이 깜짝 놀란다.

"어때, 맛이! 우리 누나 데려가니 재밌냐?"

"그래, 재밌다. 어쩔 건데?"

"이게 뭐야? 그만해!" 혜설이 소리를 지른다.

산과 대니가 서로 눈을 부라리며 한참을 노려보다가, 이내 히죽 웃으며 서로 격하게 포옹을 한다. 산은 이것이 남자들끼리 치러야 하는 통과의

례라는 것을 잘 알고 있었다.

"이봐, 처남! 난 이제 매형이야! 매형이라고 불러 봐!"

"아직은 못 해!"

"하하하! 서울에 한 번 와. 잘해 줄게!"

"그래? 지켜보고!"

"집에 가자. 엄마, 아빠 기다리신다. 점심 먹고 가족사진 찍으러 가자 하신다."

산과 혜설의 앞에 놓인 영적인 가시밭길에 가시들이 조금씩 빠져나간다. 귀국하는 발걸음이 조금은 가벼울 것 같다.

잘 죽기

2027년 12월 25일 토요일.
성탄절이다. 추운 겨울 냉기 속에서 생명체는 안으로 침잠해 있다. 밤새 내린 눈으로 주변이 온통 흰 눈으로 덮여 있다. 차가운 냉기가 산의 들숨을 타고 깊게 들어와 그의 의식을 바늘로 찌르듯 자극한다. 산은 휴일을 맞아 점심을 먹고 어머니와 함께 공원으로 산책을 나온다. 그동안 힘들게 살아 건강이 썩 좋지는 않으시다. 이제 60대 중반을 향해 가는 연세다. 어머니의 건강을 유지하기 위해 산은 틈이 나면 함께 산책을 나온다. 공원을 두어 바퀴 돌고 나서 둘은 집으로 향한다.

"아들, 저기서 차나 한잔하자꾸나." 어머니가 말한다.

"그래요, 어머니."

둘은 동네의 자그마한 찻집에 들렀다. 문을 열고 들어가니 따뜻하여 마음이 포근해진다. 나이 든 분들이 운영하고 있어 주로 60대에서 70대의 분들이 많이 모인다. 자리에는 어머니가 아는 분들이 예닐곱 앉아 있다.

"안녕하세요?"

"아이구, 아드님과 같이 오셨네. 효자를 두셨어요."

"네."

산이 두루 인사를 드린다. 둘이 마주 앉아 따뜻한 생강차를 주문한다. 잠시 분위기가 조용하여 산이 말을 꺼내 본다.

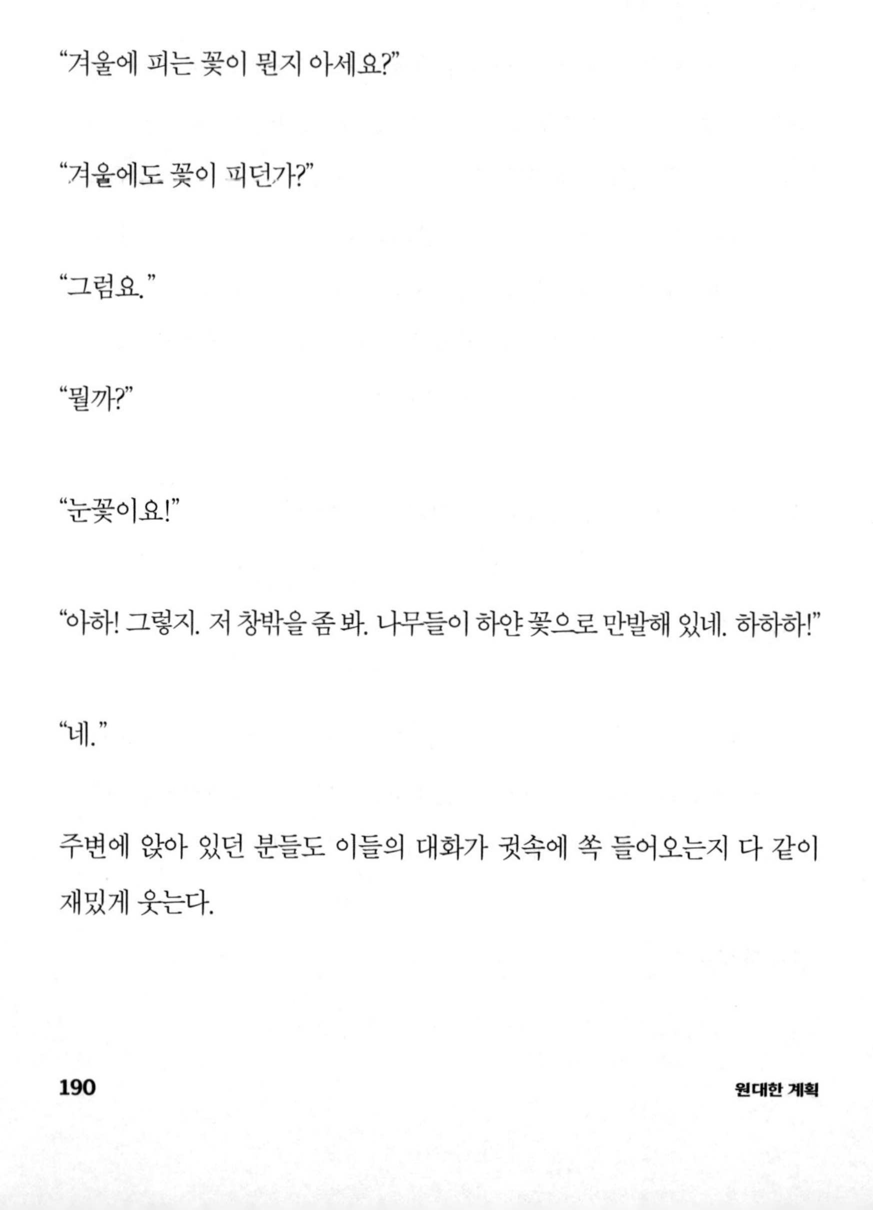

"겨울에 피는 꽃이 뭔지 아세요?"

"겨울에도 꽃이 피던가?"

"그럼요."

"뭘까?"

"눈꽃이요!"

"아하! 그렇지. 저 창밖을 좀 봐. 나무들이 하얀 꽃으로 만발해 있네. 하하하!"

"네."

주변에 앉아 있던 분들도 이들의 대화가 귓속에 쏙 들어오는지 다 같이 재밌게 웃는다.

"그래, 그래, 겨울 눈꽃이 최고지." 다들 고개를 끄덕인다.

반응이 좋자 산이 의도하였는지 아닌지 다음 주제어를 고른다.

"그럼 웰빙(well-being), 힐링(healing) 다음에 유행하는 단어가 뭔지 아세요?"

"글쎄, 뭐야?"

"모르겠는데." 이제 일동은 답을 들을 준비를 하였다.

"그건 바로 웰다잉(well-dying)이에요."

"그게 뭔데?"

"'잘 죽기'라는 뜻이에요."

언젠가는 어머니에게 들려주고 싶었는데 오늘 뜻하지 않게 청중이 늘어난 것이다.

"그래?"

"그런 것이 있었어?" 옆에 앉아 있는 분들이 의아해한다.

"나이 들어 가는 사람들은 잘 죽는 것이 소원이지, 뭐."

"그래, 맞아. 어떻게 하면 잘 죽는 거야?" 이제 아예 의자를 틀어 앉고 산을 바라본다.

"제가 오늘 한 가지 소개해 드릴게요." 산이 일동을 보며 말하자 그들의 눈이 호기심에 찬다.

"먼 옛날에 기독교 수행자들이 산속 깊은 곳에 있는 사원에 수행하러 들어갈 때 자기가 죽을 날짜를 미리 적어 놓고 수도하였다고 해요."

"……?"

"그리고 죽을 때 그리되었다고 해요."

"그래?"

"우리 불교 스님 중에도 자신이 죽을 날을 미리 정했다는 이야기를 들은 적이 있어." 어느 한 분이 말한다. 불교 신자이신 모양이다.

"네, 절간의 사정에 맞추어 열반할 날짜를 조정하기도 했대요." 산이 덧붙인다.

"우리 같은 사람은 미리 죽을 날짜를 받을 수도 없고 또 수도원이나 절에

살지도 않은데 이 속세에서 어떻게 죽음을 맞이해야 하나?" 정말 절실한 질문이다.

"아마, 나이 들어 몸이 쇠약해지거나 아프면 죽을힘도 없이 양로원이나 병원에 끌려가 하염없이 병상에 누워 죽음만 기다려야 할지 모르죠."

"그래, 지금 운동 열심히 해도 나이가 더 들면 힘이 빠져 어쩔 수 없이 그렇게 될 거야." 다들 우울하게 고개를 끄덕인다.

"그러다가 죽으면 저승사자가 올 때까지 기다렸다가 따라가야 하겠지요."

"아니, 나는 목사님이 바로 천당에 간다고 했는데?"

"나도 절에서 스님이 바로 극락에 간다고 했어."

"하하하, 그게 좋은 위안이 될 수는 있겠지요. 그러나 각자 지은 업이 있으니 그것에 맞게 갈 곳이 정해지겠지요."

"그런 거야?"

"네, 다 '뿌린 대로 거둔다'고 하지 않아요? 뭐, 인과응보 그런 거 말이에요."

"응, 하긴."

우리나라 사람들은 종교에 무관하게 오래전부터 업보나 인과응보라는 개념에 익숙해져 있다.

“무엇보다 양로원이나 병원에서 기약 없이 목숨을 연장하다가 자식들한테 폐만 끼칠까 봐 걱정돼.”

“내가 죽는다고 생각하면 겁이 나기도 해. 뭐, 누구나 죽는다는 건 알고 있지만, 솔직히 맘속으로는 죽고 싶지 않아.”

* * *

욕망의 현상계에서는 부와 권력, 명예가 높은 가치를 지닌다. 그러나 현생의 마지막 죽음의 순간 이것들은 저세상으로 가져갈 수 없다. 이렇게 허망한 것을 살아 있는 동안에 그렇게도 쫓아 헤맨다. 이러한 욕망에 지배당한 삶은, 인간적인 땀 냄새가 날지는 모르지만, 향기가 전혀 없다. 만약 삶 속에서 의식적인 죽음을 느낄 수 있다면 이러한 실상을 깨달을 수 있을 것이다.

우리가 살아 있는 것은 영이 우리 안에 거주하고 있기 때문이다. 이 영이 육신의 사원에 더 이상 머물지 않으면 죽음이 오는 것이다. 따라서 의식적인 죽음은 영이 육신 밖으로 나가는 영체여행을 통해서 맛볼 수 있다. 이것을 통해서만 우리의 욕망이 원하는 부, 권력, 명예 등이 이제 자연스럽게 그 원래의 진정한 위치를 찾게 될 것이다. 그렇지 않다면 삶은 부질없는 만화경 같은 부산함일 뿐이다.

우리가 죽음을 맞이하여 저세상으로 가져갈 수 있는 것은 과연 무엇인가? 그건 바로 우리가 이세상에서 달성한 의식이다. 이 의식으로 우리는 영계에 거주할 곳을 갖게 되며 아울러 현상의 삶을 높은 곳에서 조명하고 통솔할 수 있게 된다. 어떻게 하면 잘 죽을 수 있는가? 수동적이 아니라 의식적으로 준비하는 죽음일 것이다.

***

"이제 제가 하나 물어볼게요." 산이 말하자 일동의 관심이 집중된다.

"뭘 죽음이라 하지요?"

"숨이 끊어지면 죽는 거지, 뭐."

"그래서 흔히 숨이 이어질 때는 영(靈)이 몸 안에 머물러 살아 있지만, 숨이 끊어지면 영이 나가 죽은 상태가 된다고 하지 않나요?"

"그렇지, 그래, 맞아."

"그럼 몸을 나간 그 영도 죽은 건가요?"

"아니, 그렇지는 않은 것 같은데. 그 영이 있어야 자식들이 제사도 지내고 또 환생도 할 거 아니야!"

"아니, 우리 목사님이 그러시는데 영이 천당에 가서 영원히 산다고 하시던데. 뭐, 내가 지옥에 가지는 않을 거고 말이야."

"우리 스님은 내가 극락에서 살 거라고 했어."

"그러니까 죽음이라는 것은 사실은 우리 몸뚱이만 죽는 걸 말하고 우리 영은 여전히 살아 있다는 거 아니에요?"

"그래, 듣고 보니 그렇구먼."

"그래서 늙어서 말라비틀어지고 병든 몸뚱이를 버려도 우리 영은 여전히 살아 있는데 이제 뭐가 그리 무섭겠어요?"

"이해는 가는데 말이야, 가족들도 못 보고 친구들도 못 보게 되잖아!"

"아, 물론 이별하면 서운하겠지요. 만났으면 언젠가는 헤어지는 것이니 덤덤하게 생각하세요. 그러나 다시 환생하면 몸도 새로 받으시고 가족이나 친구들도 새로 생기실 텐데요, 뭐. 걱정보다는 오히려 기다려지는 일이 아닌가요?"

"아니, 이게 뭐야? 자네 궤변을 듣다 보니 좀 헷갈려, 하하하!"

"하하하, 궤변이 아니라 사실이 그래요!"

"그래, 그래서 그런지 묘하게 마음이 좀 가벼워지네. 우린 죽지 않아! 죽는다는 게 말이야, 쓸모없는 몸뚱이만 버리는 거야. 우리 영이 다시 환생하여 새 몸을 받으면 좋은 거지, 하하하!"

"그렇죠! 그렇게 생각하세요. 그러니 운동 열심히 하시고 만나서 즐겁게 이야기하시고 또 맛있는 것도 드시고 말이에요."

"응, 그래야지."

"참, 근데 말이야, 아까 얘기가 나왔는데, 나이 들어 몸이 쇠약해지거나 아프면 죽을힘도 없이 양로원이나 병원에 끌려가 하염없이 병상에 누워 죽음만 기다려야 하잖아? 이때는 어떻게 해야 해? 맘대로 죽을 수도 없고."

"네, 좋은 질문이십니다."

"자, 그럼, 여기 한 죄수가 종신 징역형을 선고받고 감옥에 갇혀 있다고 해요. 그는 매일매일 절망감 속에서 감옥을 빠져나가고 싶어 몸부림을 치겠지요. 그러면 이자가 어떻게 하면 감옥을 빠져나올 수 있을까요?"

"죽고 나서야 그럴 수 있겠지, 뭐."

"아니, 죽기 전에요!" 산이 강조한다.

"뭐?"

"이건요, 나이가 들거나 불치의 병에 걸려 오랫동안 병상에 누워 고통을 겪고 있는 환자에게도 해당해요."

"그래, 이땐 감옥이 바로 우리의 늙고 병든 육신인 거지!"

"네, 맞아요. 이 환자는 더 이상 살고 싶지 않아 육신이라는 감옥을 벗어나 훨훨 날아가고 싶어 하겠지요."

"그러니까, 여기서 훨훨 날아가는 것은 우리의 영이겠지? 이 육신이라는 감옥일랑 뒤에 남겨 놓은 채로 말이야."

"네, 네! 살아 있는 상태에서 우리 영이 영체로 몸을 빠져나가는 거죠!"

"살아서란 말이지?"

"네! 그래서 영이 몸 밖으로 나갔다 다시 돌아오는 것이죠. 그래서 이걸 '영체여행'이라고 해요."

"으음, 영체여행이라……!"

"만일 영이 나가고 몸으로 돌아오지 않는다면 어떻게 되나?"

"그냥 몸은 죽게 되는 거죠. 앉아서 이렇게 죽는 것을 '좌탈'이라 한다고 하죠?"

"그래, 수행이 깊은 스님들이 종종 좌탈한다고 들었네."

"그렇게 죽으면 병원에서 그 고생을 안 해도 되겠네그려."

"그래, 늙어서 말라비틀어지고 병든 몸뚱이는 버려도 되지, 안 그래?"

"맞아. 병원 침대에 묶여 질질 끌려다니며 마음대로 죽을 수도 없다면 참으로 비참한 거겠지."

"자, 아까 우리 몸에서 영이 빠져나가는 것을 죽음이라 했잖아요? 이건 우리가 살아서도 영체여행으로 죽음을 경험할 수 있다는 거예요. 그래서 이제 죽음이 전혀 두렵지 않게 되는 거예요."

"으응."

"그래서 우리가 임종을 맞이하여 아무 고통이나 두려움 없이 몸뚱이를 버리고 이세상을 떠날 수 있게 평소에 영이 우리 몸을 들락거리는 연습을 많이 해야겠지요."

"응, 이거야말로 우리가 정말로 감옥에서 벗어나 자유를 찾는 길인 듯하네."

"네, 그렇습니다."

"아, 근데, 이 영체여행을 어떻게 하는지도 알려 줘야지!"

"그래야지요."

"우리는 나이가 들어 어려우면 못 해!"

"아니, 아주 쉬워요. 뭐 학생들처럼 공부하는 것이 아니거든요."

"좋아."

"그런데 쉽다고 만만하게 여기시면 안 돼요. 여기에는 끈기가 필요해요."

"알겠네."

"그리고 그걸 할 수 있는 능력이 이미 우리 안에 있다는 것도 꼭 기억하셔야 해요."

"……!"

영체여행과 같은 체외투사를 하는 유일한 목적은 완전한 자유를 얻기 위함이다. 물질적인 이세상에서는 누구도 완전한 자유를 가지고 있지 못하다. 이에 영적 구도자들은 완전한 영적 자유를 얻기 위해 영체여행을 갈망하는 것이다. 무엇보다 체외경험을 하면 죽는다는 것이 뭔지 알게 된다. 이를 통해 죽음의 과정을 실제로 의식적으로 겪는 것이니까. 이것이야말로 우리가 매일 즐길 수 있는 궁극적인 경험일 것이다. 성 바오로가 말한 "나는 매일 죽는다."라는 말을 비로소 이해할 수 있을 것이다.[14] 이것이 바로 진정한 웰다잉의 의미인 것이다.

“먼저 영체여행 기술을 수행하기 전에 준비 자세와 이후의 참고 사항을 간단히 말씀드릴게요.

“먼저 바닥에 앉거나 편안한 의자에 앉습니다. 바닥이나 침대에 누워도 좋아요. 이때 허리를 세우고 고개는 숙이지 않습니다. 긴장은 가라앉히고요. 다음 두 눈을 감고 두 눈썹 사이의 영안을 응시합니다. 기본적인 영체여행의 기술을 배우고 나면 이를 잘 숙달하고 이후 자신의 것으로 발전시켜 나가면 됩니다.

“이제 우리의 처음 목적지를 알려 드릴게요. 이세상 너머의 저세상 중에 우리 바로 위에 성광계 또는 아스트랄계라는 영계가 있어요. 그곳에 아사달이라는 우리의 고향이 있어요. 집도, 건물도, 도로도, 가로수도 온통 보석으로 만들어져 찬란하게 빛나는 곳입니다. 그래서 누구나 이 높고 밝은 곳에 오면 천국이나 정토라고 생각합니다. 이후 차차로 더 높은 곳의 참된 고향을 목적지로 설정할 수 있습니다.

“자, 그럼, 기본적인 영체여행 기술을 소개하겠습니다.”[15]

> 1. 초보적인 영체여행 기술로서 잠자리에 들기 전 바닥이나 침대에 누워 두 눈을 감는다. 자신이 아사달에 있다고 생각한다. 이것이 실제가 될 때까지 여러 번 반복한다. 보통 이 상태에서 꾸벅꾸벅 존다. 그러다 갑자기 마치 육신 위에서 나를 내려다보는 것 같은 느낌을 가

질 수 있다. 이 현상을 조용히 받아들이면서 잠자기 직전 가고 싶어 한 아사달을 생각한다. 그러면 눈 깜짝할 사이에 거기에 있게 된다.

2. 바닥에 곧게 앉거나 등받이가 곧은 의자에 앉는다. 양손은 모아 손바닥을 위로 하여 다리 위에 놓는다. 조용히 앉아 주의를 영안에 둔다. 이 영안은 성광계와 더 높은 영계에 이르는 관문이다. 이 문을 비스듬히 응시하며 신의 이름인 휴(Hu)를 부른다. 이제 소리를 통하여 여러 빛 중에 '푸른빛'을 보면 좋다. 수련이 더해 가면 이 빛이 영계의 여러 층위로 인도해 줄 것이다.

3. 바닥에 곧게 앉거나 등받이가 곧은 의자에 앉는다. 양손은 모아 손바닥을 위로 하여 다리 위에 놓는다. 조용히 앉아 영안에 주의를 둔다. 심호흡을 몇 번 한 후 휴(Hu)를 반복하여 부른다. 시간이 좀 지나면 다시 심호흡을 몇 번 하고 긴 날숨으로 '휴우~~' 하면서 부드럽게 부른다. 주의는 영안에 두기만 한다. 다시 쉬었다가 심호흡을 몇 번 하고 휴 소리를 부르는 속도를 늦추어 아주 느리게 될 때까지 한다. 이제 부드럽게 호흡을 하며 휴를 부르는 소리를 듣는다. 이 외우는 소리가 완전히 멈추게 되면 주의를 내밀한 소리를 듣는 것으로 전환한다. 이내 머리의 뒷부분에서 웅웅거리는 소리가 들린다. 다양한 소리 중 성광계의 소리는 포효하는 파도 소리다.

1번은 각자 집에서 시행해 볼 수 있다. 일동은 2, 3번의 빛과 소리를 접하는 수련을 찻집에서 함께하기로 했다. 이후 동네 찻집 문 앞에는 '영체여행의 집'이라는 표식이 붙었다. 모임 시간은 매일 주중에 오전 10:00-

11:00이다.

인생의 노년기를 시작하는 이들은 평범한 시민들로서 돈도 별로 많이 없고 배움도 별로 많지 않은 사람들이다. 이들에게 죽음은 암흑세계였다. 죽음이란 이세상의 선을 건너 미지의 저세상으로 들어가는 것이어서 두려웠을 것이다. 그러나 이제 육체의 죽음이 끝이 아니라는 것을 알게 되었다. 물질적 삶을 넘어서 기꺼이 영성의 영역 안으로 들어가게 되었다. 우리의 진정한 고향이 저 미지 세계 가운데에 있다는 사실을 들은 것이다.

***

찻집을 나와 산과 그의 어머니가 나란히 집으로 걸어가고 있다. 그녀가 산에게 한마디 한다.

"저분들 말이야, 이제 살 만큼 사신 분들이라 세상에 무슨 욕심이 있겠어? 그저 자식들 건강하고 자기들 남은 생 건강하게 지내다 잘 죽으면 원이 없으실 거야. 그래서 영체여행에 관심을 가질 수 있다고 봐."

"네."

"근데, 나이가 많아도 말이야, 지켜야 할 재산이 많거나 사업을 하며 돈을 많이 벌고 있는 사람들은 이런 영체여행에 관심이 가기나 할까?"

"아마 그런 체외투사를 갈망할 동기가 거의 없을 거예요. 소득도 있고 하는 일도 원활하여 현재의 삶에 그런 대로 행복하다면 어느 누가 굳이 체외투사를 하여 저세상을 찾아가 보려고 하겠어요?"

"그러게."

"게다가 우리의 삶이 때로 마음에 들지 않는다고 하여 어느 누가 호들갑을 떨며 체외투사를 하려고 하겠어요? 사람들 대부분은 현재의 육체적, 물질적 상태에 머무는 데 만족하고 그저 삶을 주어진 대로 살아가죠."

"아, 이건 행복에 대한 역설이야!"

"그렇죠. 감옥의 죄수나 병원의 중병환자와 같이 현재의 삶에 극도로 불만족하지 않다면 어느 누가 굳이 그런 시도를 하겠어요?"

"……!"

"물론 영적 구도자들은 영적 자유를 얻기 위해 갈망하겠지만요.

"보통 사람들은 대부분 그보다는 정치나 사회를 변화시키려고 개혁에 매몰되죠. 저도 한 발을 여기에 딛고 있으면서 다른 발은 영적 추구에 내디디고 있었던 셈이지요. 스승님은 그러지 말라고 하셨어요. 사회개혁과 같은 방법만으로는 우리 삶의 문제가 근본적으로 해결되지 못한다는 거죠."

"그래, 주의가 분산되면 좋지 않다는 것이었겠지."

“네.”

“그래, 네 덕에 오늘 웰다잉의 의미와 방법을 알게 되었구나.”

“네, 꾸준히 해 보세요.”

“알았어. 열심히 해야지. 더 늙어서 너한테 짐 되기 싫으니까 말이야!”

“하하하! 건강하셔야 해요, 어머니!”

산이 어머니의 어깨를 오른팔로 안고 사이좋게 걸어간다. 어머니는 아들이 듬직하고 행복하기만 하다.

* * *

집에 들어오니 혜설이 둘을 반긴다.

“아이구, 두 모자가 저만 빼고 어디를 그렇게 쏘다니셨대요?”

“아이, 미안하구나! 그러면 나에게 아이 하나만 꼭 안겨 다오. 그럼 집 안 나가고 내가 다 봐 줄게, 하하하!”

“호호호! 조금만 더 기다리세요!”

"그래, 그래! 오늘 산에게서 웰다잉에 대해 강의를 들었단다."

"그래요?"

"요지는 '영체여행'이라는 거야. 너도 좀 배워 봐라!"

"그래요, 어머니."

"그게 말이야…… 우리 동네 찻집에서 함께 수련하기로 했는데."

"아이, 어머니, 혜설은 영체여행 고수예요."

"오, 그래? 우리 며느리, 내가 몰라봤네."

"어머니, 세상에 이런 며느리 또 없어요, 하하하!"

"아이구, 우리 애기, 미국에서 명문대학만 나온 줄 알았는데……, 정말 존경한다, 존경해!"

"하하하!"

"어머니, 다음에 그 찻집에 저하고도 같이 가요. 저도 수련하시는 거 좀 볼래요."

"그래, 그래, 다들 좋아할 거야."

"하하하!"

셋은 각자 늦은 오후를 좀 쉬었다가 저녁을 먹은 후 다시 이야기를 이어간다.[16]

"영이 우리 몸을 나가면 어디를 통해서 빠져나가는 거야?" 어머니가 묻는다.

"일반인이 죽을 때 그의 영은 보통 명치 부분의 태양신경총이나 척추 하부의 차크라를 통하여 몸을 빠져나가요." 혜설이 답한다.

"그런데 그 자아는 육신에 심각한 갈등을 일으켜 이로 인해 찢어지고 말아요. 노화에 이르면 마음에서 질병이 생기고, 욕심이나 불안이 솟아나고, 완고한 습관이 돋아나죠. 이것들은 죽음이 끼어들 때까지 서로 싸우며 몸과 마음을 산산이 흩뜨려 놓아요. 그래서 영이 자발적으로 저세상에 가지 못하고 유기체의 파괴를 통해서만 그곳으로 넘어가게 돼요. 이건 말이에요, 아주 고통스럽고 품위도 없고 정말 불쾌한 것이에요. 죽음이 탄생보다 더 고통스러워서는 안 되는데 말이죠." 산이 덧붙인다.

"그럼 너희 같은 고수들은?"

"아, 체외이탈을 하는 사람은 영이 몸을 떠날 때 주로 송과샘에서 달리 영안에서 나가요." 혜설이 답한다. "이때 영은 아무런 고통도 없이 조용히 자연스럽게 육신에서 물러나요. 육신은 단지 시들어 갈 뿐 아무런 갈등이나 방해도 일으키지 않아요."

"우리가 의자나 자리에 조용히 앉거나 누워 영체여행을 시행하면 어떤 마비감 같은 것이 두 발에서부터 기어오르기 시작하여 점차로 척추의 차크라를 따라 더 높이 올라가요. 그러다 심장부에 도달하여 거기서 멈추었다 다시 송과체까지 상승해요. 이때 무언가가 우리 육신 밖으로 새처럼 날아 이동하거나 어떤 경우에는 빨아 올려지거나 하는 듯한 느낌이 드는데 그것이 바로 영체예요. 그렇게 영은 우리의 육신으로부터 나와 자유로운 존재가 되어 더 밝고 빛나게 되죠." 산이 덧붙인다.

"이건 유충이 껍질을 벗고 나방이 되는 것과 같아요. 그래서 죽음이란 단지 이 낡은 껍질을 버리는 것과 같아요." 혜설이 알기 쉽게 비유를 든다.

"우리가 자발적인 노력으로 영체여행을 통해 죽음의 기술을 배우면 내면의 층위에서 죽음의 문을 통과할 수 있어요. 이렇게 매일 죽는 연습을 하여 더 높은 의식으로 올라가면 점점 더 해방을 맛보게 되고 내면의 신성한 싹을 키울 수 있어요."

"그래, 우리가 영체여행을 배워야 하는 이유네!"

"네."

"영이 몸을 빠져나가 자신의 육신도 보게 되겠지?"

"네, 체외상태에서 예를 들어 방의 천장에 머물며 원래 위치에 놓여 있는 자신의 육신을 내려다볼 수 있어요."

"그럼 죽은 육신 옆에 모여 있는 가족들도 다 내려다본다는 거네?"

"네."

"말로만 들었는데 사실이구나."

"육체는 죽음의 순간에 영체와 완전히 분리되죠. 육체와 유체를 잇는 탯줄이 있는데 은줄 또는 실버코드라 해요. 육체에서 성기체로, 성기체에서 인과체로, 인과체에서 심체로 이어져 있죠. 각 줄은 영이 더 높이 올라갈 때 특정 신체가 떨어져 나가면서 끊어지게 돼요."

"죽음을 맞이하여 육신을 빠져나온 영은 보통 성광계에 머무르며 환생을 준비하거나 더 높은 세계로 올라가기 위해 공부하기도 하죠."

"우리에게 죽는다는 것은 참으로 경이로운 경험이에요. 빛나는 영체로서 저세상에서 깨어나 진정한 자아 즉 참나 또는 진아(眞我)를 발견하고 진정한 자유를 배우게 되죠."

"죽음을 맞이하여 일반인들은 생과 사의 수레바퀴에 남아 자신들의 행위로부터 쌓인 좋거나 나쁜 업을 거두어들여야 하죠. 그러나 천록궁도와 같은 영적 행로에 입문한 구도자들은 곧바로 천상의 세계로 올라갑니다."

“영체여행을 하려면 먼저 자신을 정화해야 해요. 세속적인 마음으로 현상계 너머의 다른 층위들로 초월적인 여행을 하는 것은 거의 불가능해요. 그러려면 영적 가르침을 배워 자신을 고양해야 해요.”

어머니는 이 위대한 두 영성인을 뒤늦게야 알아보았다. 아직 의식이 영성화되지 못하여 늘 식품, 일용품, 주거 등과 같은 외부적인 것에 관심을 쏟아 왔다. 취미나 건강 등에 마음을 썼다. 심신의 안락을 위해서 주로 돈에 의존했다. 그러나 그런 방식으로 근심, 걱정이 사라진 것은 아니었다.

“어머니! 뭘 그리 생각하세요?” 혜설의 말에 정신이 번쩍 든다.

“아이구, 아무것도 아닙니다, 도사님! 아니, 여자 도사니까 여관(女冠)님이라고 해야 하나?”

“호호호! 저는 어머니 며느리예요!”

“어머니, 아들을 원하세요? 딸을 원하세요?” 산이 갑자기 묻는 바람에 또 정신이 나갈 뻔했다.

“뭐? 허허허, 아들도 좋고 딸도 좋고!”

“네, 요즘 우리 집에 데려올 영을 물색하느라 미리 영계에서 면접하고 있어요.”

“오오! 그건 또 뭔 소리여? 난 삼신할미가 점지해 주는 걸로만 알고 있는데.”

“호호호! 우리 애기는 우리가 직접 고르려고요!” 혜설이 말한다.

“그래, 좋아, 좋아! 하하하!” 어머니는 밖으로 나가 버린 정신줄을 붙잡느라 안간힘을 썼다.

통일을 향하여

2027년 8.15 남북공동성명은 남북통일을 향한 '원대한 계획'을 출발시키는 역사적인 사건이었다. 남북 당국은 비밀리에 북한이 보유한 핵무기를 외관상으로 미·중·러에 대항하는 성격으로 유지하기로 했다.

이 '원대한 계획'을 수행하는 데 변호사 연철과 언론인 일명은 통일부로부터 한 위원회의 특별 위원으로 공식적인 위촉을 받았다. 그들의 영적 능력은 이 임무를 탁월하게 수행할 수 있도록 최적으로 도움을 준다. 그동안 통일에 관한 다각적인 연구를 진행하여 예상되는 문제에 대한 창의적인 해결책을 모색해 왔다.

당분간 남북통일협력사무소는 판문점에 두기로 한다. 여기에 남북경협사무소, 통일연구소, 이산가족 상봉관을 포함한다. 동해 북단의 고성에는 또 하나의 이산가족 상봉관을 마련한다. 아울러 이곳에 관광사무소를 두고 금강산을 비롯한 북한 관광을 관장한다. 차차 남북 간의 여행이 가능하도록 단계적으로 진행하기로 한다.

개성공단은 북한에 위치하여 지리적인 문제가 있다고 보아 폐지하고 대신 이에 상당한 공단을 비무장지대에 건설하기로 한다. 후보지는 남측의 파주 대성동 마을과 북측의 개성 기정동 마을이다. 무공해 산업을 중심으로 유치한다. 남측의 기술과 북측의 노동력이 결합할 것이다. 북한의 자원도 이용될 것이다.

철원평야에는 대규모 문화 체육시설을 짓는다. 정기적 남북체육대회를 비롯하여 국제대회를 유치할 수 있는 규모로 각종 실외, 실내 경기장을 갖춘다. 축구장, 야구장, 실내체육관 등이다. 남과 북은 시범적으로 정기적 문화행사를 개최하고 국제적 체육 행사에 단일팀을 만들어 출전하기로 한다.

***

8.15 남북공동성명의 합의 사항 중 비무장지대를 개발하자는 제5항의 내용은 앞으로 서로의 경제협력과 평화적 이용에 커다란 의미가 있다.

> 5. 남과 북, 북과 남은 비무장지대(DMZ)에서 군대를 철수하고, 대신 이 지대를 보존하고 개발하여 개방하기로 합의한다. 이를 위해 먼저 전역에 걸쳐 매설된 지뢰, 불발탄 등 위험물 제거 작업을 연차적으로 수행한다. 국내외 6.25 참전군들의 유골들을 수습하여 그 신원을 파악한다. 이후 비무장지대를 다각적으로 활용할 계획을 수립하여 발표한다.

이 비무장지대는 경기도와 강원도의 북부 지역을 남북으로 4km, 동서로 248km를 가로로 잇는다. 우여곡절 끝에 1953년 7월 22일에 확정된 군사분계선을 따라 설정된 것이다. 이 지대는 서로 간의 충돌을 막기 위한 완충지대로서 이 지대 안에서나 이 지대를 향해서 어떠한 적대행위도 금지되어 있다. 그러나 휴전 후 수많은 협정 위반 사례들이 발생하였다.

무엇보다 비무장지대는 70년 이상 사람의 출입이 없어 자연 상태가 잘 보존되어 있다. 먼저 학술적으로 좋은 연구 대상이면서도 이제 이번 남북 공동성명을 계기로 평화적으로 이용되는 것이 요구된다.

군사분계선의 철조망은 당분간 그대로 유지하여 혹 양측 주민들이 서로 이 분계선을 넘어가 초래할지도 모르는 혼란한 상황을 방지하기로 했다.

기타의 전 비무장지대를 자연 생태 보호 지역으로 선정하고, 특정 위험물 제거지역들의 반경이 확장됨에 따라 각 지역을 6.25 참전국 및 우방국의 구역으로 특별지정하여 공원화한 다음 세계적인 관광자원으로 만든다. 이후 더 여력을 길러 장차 동서 248km를 가로지르는 도로를 건설하여 관광할 수 있도록 한다.

이제 비무장지대가 전 세계에 평화의 상징으로 자리 잡고, 서울의 서북부나 파주 지역에 '아시아 UN 본부'를 유치하려고 한다.

* * *

어느 토요일, 산을 위시한 서울의 천록궁도 영성단이 한원의 회사 도장에 모여 수련을 한 후 점심을 먹으면서 담화를 나눈다. 산이 한원에게 말한다.

"형님, 이번에 정부로부터 특별 임무를 받았다고 들었습니다."

"응, 비무장지대에 매설된 지뢰와 불발탄 제거 작업이야. 석이랑 우리 단원들이 같이 가네."

"형님과 내가 국방부 특별 정보요원으로 채용됐어." 조석이 알려 준다.

"임무가 막중하네요."

남과 북이 비무장지대에서 군대를 철수하고 이 지대를 보존, 개발하기로 합의함에 따라, 먼저 매설된 지뢰, 불발탄 등 위험물을 우선 필수적으로 제거할 지점들을 선택하여 남북이 공동으로 작업하기로 했다.

"시급한 곳은 비무장지대를 통과하여 남북을 이을 철도와 도로 구간이야. 동, 서, 중앙의 세 경로이지. 여기를 중심으로 남북 간 통신시설, 러시아 천연가스 배관 등이 설치될 거야."

"이후 제거지역을 연차적으로 점점 확대하면 될 거고요."

"근데 그 위험물 제거하는 데 소요되는 자금과 인원이 어마어마할 텐데……"

"뭐, 남북 군인들이 각자 제거작업조에 편입되면 될 거고 자금도 양측의 국방비를 좀 활용하면 되지 않을까?"

"네, 이제 서로 무기를 내려놓고 적대를 멈추었으니까요."

"그렇다고 지정된 지점들을 무작정 일일이 다 샅샅이 뒤지고 다니는 건 좀 무모하기도 하고 또 시간이 엄청나게 소요되는 거 아네요?" 한 신입 단원이 묻는다.

"허허허! 그래서 우리 지리산 영적 결사대가 주요 제거지역들을 원격으로 투시하여 지뢰나 불발탄 매설지점들을 파악할 거야."

"산과 경찬 일행이 이 정보를 수집하여 지도에 자세히 표시하고 각 지점의 좌표를 목록으로 작성할 것이네."

"……!!"

"우리 단원들은 그 자료를 가지고 현장에서 각 지점에 깃발을 꽂으며 장비를 갖춘 군인들의 제거 작업을 지휘하는 거야."

"……!!"

이때 경찬이 소식을 하나 전한다.

"지리산 반야궁에서 김청의가 온대요."

며칠 전 꿈속에서 대 총관으로부터 들었다. 그가 원격투시 작업과 현장

작업조에 속해 있다는 것이다.

"오호!"

구원(舊怨)이 있으니 경찬과 청화는 김청의가 반갑지 않을 수 없다.

***

지리산에서 김청의가 직접 현장 작업에 참여하기 위하여 한 분대를 이끌고 서울에 올라왔다. 한원의 회사에서 이들을 맞이하는 조촐한 잔치가 열렸다. 잔치의 주최자로서 한원이 간단하게 의례적인 환영사를 마치고 일행이 서로 섞여 몇 개의 식탁에 빙 둘러앉아 잔치 음식을 즐기기 시작한다. 김청의와 그의 보좌인 둘 그리고 경찬, 청화 그리고 조석이 한 식탁에 앉았다. 그 누구도 이런 인원 배치가 자연스럽다고 생각하지 않을 것이다. 참 짓궂은 조합이다. 순간 어색한 분위기가 흘렀다. 유독 이런 분위기를 참지 못하는 사람이 있다. 바로 조석이다.

"아이구, 김 주방장님이 이렇게 직접 서울까지 먼 길 오시다니 참으로 감사합니다."

지리산 반야궁에서 주방장 일이나 볼 것이지 여기 서울까지 뭐하러 왔느냐고 핀잔을 주는 것이다. 그가 경찬과 청화에게 야박하게 대접한 것을 상기한 것이다.

“그동안 안녕하시오? 난 경호대장으로서 이곳에 작업반장으로 온 것입니다, 하하하! 지리산에서 저와 처음 만났을 때보다 지금 얼굴이 더 좋아 보입니다, 그려!”

한 3년여 전 조석이 일행과 반야궁에 들어가기 전에 둘이 한 번 겨루기 직전까지 갔었다. 그때 자기가 봐줘 여태 살아남아 신수가 좋아 보인다는 뜻일 것이다.

“흥, 여태까지 산속 공기 좋은 데서 잘 지내셨는데 모처럼 서울에 오셨으니 도시 맛도 한번 보셔야지요! 제가 잘 모시겠습니다.” 조석이 은근히 도발한다.

“하하하, 기대하겠습니다!”

“설마 했는데 정말 서울에 오셨네요. 우리도 약속한 대로 신세를 갚겠습니다.” 경찬과 청화도 벼르고 있다고 겁을 준다.

“하하하! 제가 여러분을 위해서 지리산 반야궁 산삼과 송이버섯을 좀 가져왔습니다.”

“흥, 굼벵이는 안 가져왔나요?” 옆에서 청화가 쏘아붙인다.

“아, 옛날 일을 아직도 마음에 두고 계시는군. 그건 폐관 수련자들을 위해 제공되는 식단에 들어 있는 거요, 하하하!”

김청의의 두 보좌인이 터져 나오는 웃음을 참지 못하고 얼른 한 손바닥으로 입을 틀어막는다. 경찬이 이걸 보고 벌떡 일어나 김청의를 향해 나선다.

"흥, 마침 오늘 만났으니 묵은 빚을 갚아야겠소!"

이때 한원이 묘한 미소를 지으며 독주를 담은 큰 술병 두 개를 가져다 식탁에 올려놓고 간다. 술을 마시고 한번 뭔가 보여 주라고 자극하는 신호인 것 같다. 김청의도 궁 안에서는 술을 마실 기회가 거의 없다. 궁 밖에 서인지라 어디 이런 좋은 기회가 있을쏘냐 하며 오늘만은 마음속으로 쉽게 예외로 인정한다.

"난, 내공으로는 안 겨룬다오! 그러니 저리 가시오." 김청의가 반야궁에서 경찬에게 당한 일을 상기하면서 대신 조석을 가리키는 것 같다.

조석과 김청의가 호쾌하게 술을 병째 들고 연거푸 들이킨다. 다 마시자,

"하하하! 그럼, 저기 있는 도장으로 가 볼까요?" 조석이 도전에 응한다.

사람들은 벌써 자리에서 일어나 그쪽으로 걸음을 옮기고 있었다. 도장의 매트 주위를 빙 둘러선다.

"와! 청나라 황실 무술 대 종합격투기라! 오늘 눈 호강 좀 하겠네. 3년이나 연기된 대결이래."

대결이라 하나 적으로 만나는 것은 아니다. 사실은 남자들끼리 서로 격하게 환영식을 치르는 것이다. 두 사람의 얼굴이 좀 불그레하다.

대결에 들어가기 전에 김청의가 화려한 동작을 이어 가며 청나라 황실 무술을 보여 준다. "와! 영화에서나 볼 법한 동작들이야!" 조석도 발걸음을 옮겨 가며 좌우 주먹을 연신 교대로 뻗고 회수하며 또 발로 찬다. "야, 자세 좋다! 주먹 휘두르는 거나 저 무시무시한 발차기 좀 봐 봐!"

산이 대결의 진행자로 나왔다. 선수 보호를 위해 주먹에 권투용 글러브를 끼고 품위유지를 위해 바닥에서 얽혀 뒹구는 그래플링은 제외하고 입식 타격만 하기로 했다. 각 회당 3분씩 총 3회전이다. 둘이 상의를 벗어젖히고 양손에 글러브를 착용하였다. "자, 두 분 이리 오세요. 규칙 지키시고 반칙하면 지는 겁니다!" 산이 제반 사항을 확인하고 대결을 선언한다. "시작!"

그러나 막상 대결이 시작되니 둘이 취기가 올라왔는지 발동작이 느려지고 손에 큰 글러브를 끼어 서로 주먹을 교환하면 바로 엉켜서 싸움인지 포옹인지 분간이 가지 않았다. "에이! 뭐 하는 거야?" "아니, 저렇게 부둥켜안고만 있을 거야?" "심판, 좀 떼어 놓아 봐!" 그러나 산은 이들을 떼어 놓을 생각을 하지 않는다. 둘은 마냥 그렇게 부둥켜안고 앞으로 밀고 뒤로 밀리면서 매트 위를 누볐다. "뭐야? 춤추는 거야?"

그러자 산이 둘을 확 밀어뜨리니 매트 위로 둘이 벌렁 나자빠졌다. "하하하하!" 둘이 누워 서로 큰 소리로 웃는다. 경찬과 청화가 이 모습을 내려다보며 서로 눈짓을 교환한다. "혼원일기!" 순간 둘의 단전에서 하얀빛의 에너지 촉수가 뻗어나 이들을 높이 들어 일으켜 세우더니 바닥에 무릎을 꿇려 마주 보며 절을 하게 만든다. 이들이 아무 저항 없이 기꺼이 이를 허용해 준다. 일동이 입을 벌린 채 탄성을 지른다. "오호!"

경찬과 청화가 크게 웃으면서 말한다. "두 분에게 빚이 남아 있었는데 이걸로 깨끗하게 퉁치겠소, 어떻소?" 청의의 질투심에서 유발된 행위를 두고 하는 말이다. 조석은 청화를 납치한 적이 있다. "좋아, 좋아, 하하하!" 물론 경찬과 청화는 자신들의 지독한 수련을 위해 김청의가 담당했던 모든 악역을 이해하고 있었다. "하하하하!" 일동이 큰 소리로 웃는다. 오랜만에 만나는 지리산 동지들이다.

***

산, 경찬, 혜설, 청화가 판문점에 마련한 비상본부의 부름을 받고 모여 있다. 여기서 남북 수뇌들이 비밀리에 만나 위기 상황에 대비하고 있다. 이들은 원격투시로 면밀하게 파악한 미국의 이동식, 고정식 핵무기, 미사일이 위치한 곳의 국내외 좌표를 수시로 지도에 찍어 가며 정보를 파악하고 있다.

남북공동성명에 따라 비무장지대에서 남북이 군사를 철수하고 이어 이 지대를 개발하려는 시도는 처음부터 순조로울 리가 없었다. 남북 대표들 간에 서로 대화가 오간다. "유엔군사령부가 자기들의 허가를 받으라고 합니다." "아니, 이 일은 군사적으로 대립하는 것도 아니잖소?" "사실 유엔

사는 정체가 모호한 조직이지요."

한국이 응하지 않으니 배후인 미국이 나선다. "이번에는 미국이 사업을 포기하라고 압박합니다." "이제는 물러설 수 없갔지요." "맞소, 유엔사를 아예 비무장지대에서 쫓아내기로 합시다." "좋소!" 남북이 이를 실행에 옮기자 미국이 이를 좌시할 수 없다고 판단하여 핵잠수함과 미사일, B-52 등의 폭격기들을 동원하여 위협한다. "애들이 한반도에 접근하면 우리가 미국 본토에 핵탄두를 장착한 대륙간탄도탄을 발사할 거라고 으름장을 놓겠습네다."

미국은 예전과 같이 밀어붙이면 통할 줄 알았다. 그러나 한국은 조금도 위축되지 않았다. 이에 미국은 차마 핵무기는 발사하지 못하고 몇 발의 미사일을 서울 외곽 지역들을 향해 발사하였다. 산 일행이 비상본부에 보고한다. "원격으로 투시해 본 결과 다 불발로 그쳤습니다." 지리산 영적 결사대와 함께 산 일행이 원격으로 그것들을 무력화한 것이다. 남한은 즉각 송택과 다른 지역의 미군 부대들을 움직이지 못하게 봉쇄하였다. "이들에게 들어가는 전기, 물, 식품을 모두 차단하라!"

다른 한편으로 미국은 남한에 자국인들도 많아 이들이 인질로 잡힐 가능성을 배제할 수도 없었다. 이에 궁여지책으로 미국이 북한의 평양에 소형 원자폭탄 1발을 선제적으로 발사하기로 했다. 그러면 남북 공동 노선이 깨질 것이라 여긴 것이다. 경찬 일행이 보고한다. "미국이 일본 동쪽 바다 인근의 잠수함에서 원자폭탄 발사를 준비하고 있습니다." "막을 수 있겠소?" "네, 원격으로 무력화하겠습니다." 미국도 전부터 북한에 한 번

투하하려 했는데 마침내 좋은 기회가 왔다 싶어 발사하였다. 그러나 또 다시 영적 결사대에 의해서 불발이 되고 말았다.

이에 미국은 영문을 몰라 크게 당황하며 이 사태가 장기화할수록 불리할 수 있다는 판단을 내린다. 당장 남한에 주둔한 미군 부대들이 마비 상태에 이르는 것은 시간문제였다. 이번에는 조용히 물러나는 것이 상책이라 생각했다. 한편 그들에게 핵무기 무력화는 엄청난 충격이었다. "미국이 이 사태를 분석하여 파악하기까지는 시간이 좀 걸릴 것입니다." "그러나 그들도 머지않아 여기에 심령술사들이 개입한 것을 알게 될 것이며 이에 대한 대책도 세울 것입니다." "우리 지리산 영적 결사대도 이에 더 철저한 경계 태세를 유지할 것입니다."

이제 미국은 전시작전권도 한국 정부에 반환하고 이어 비무장지대에서도 물러난 처지이다. "미군이 남한에 명목적으로 주둔은 하지만 이제 중·러에 대응하여 한국을 배후에서 도와주는 상징적인 독수리에 지나지 않게 되었습니다." "네, 시효가 다 되었으니 이 새도 곧 본국으로 날려 보내야 하갔지요."

* * *

산과 일명이 어느 날 저녁 한원, 연철, 조석과 함께 찻집에서 조용히 담소를 나누고 있다. 산이 이것저것 주변 이야기 끝에 말을 꺼낸다.

"머지않은 미래에 지구의 여러 변화로 인하여 국가 영역들이 재조정되고 통일 한국은 장차 대륙의 옛 고구려, 백제, 신라의 영토를 회복할 텐데……"

"응, 2027년 8.15 남북공동선언으로 남북의 국가단계연합이 이루어지고 우리도 이후 일어날 흥미로운 변화를 준비해 왔지." 일명이 말한다.

"고구려와 발해 유민의 일단의 후손들이 백두산 지역의 다른 차원에서 천여 년의 세월을 견디고 있다가 지상에 귀환할 준비를 하고 있어. 이들은 통일 한국 정국에서 현 중국의 길림, 흑룡강, 요령의 동북 지역을 자연스럽게 점유할 거야."

"음, 반야궁의 대 총관님과 김청의의 역할이 크겠지."

"현 중국 동부 지역의 부여씨를 위시한 일단의 백제 세력도 태산 지역의 다른 차원에 머물고 있다가 확장된 통일 한국의 산동 지역으로 귀환할 거야."

"이건 너하고 연철이 형의 역할이 크겠고."

"응."

"이들은 높은 영적 의식으로 지상에 귀환하여 뛰어난 능력을 발휘하겠지. 통일 한국에서 신기술과 높은 문화를 발전시키는 역할을 할 거야."

"페루에서도 원주민들이 스페인 정복자들을 피해 마추픽추에 그 유적을 남기고 홀연히 사라져 버렸는데 이들의 후손들도 다른 차원에서 머물고 있을까?"

"그렇겠지요."

"어떻게 그렇게 전 집단이 사라지는 게 가능하지?"

"음, 그 집단의 영적 지도자들이 주민들을 영적으로 동조하게 만들어 전부 데리고 간 거죠.[17] 이 지상과 동시에 평행하게 존재하며 서로에게 비가시적인 동시적 또는 평행 우주적 차원이 존재하고요."

"이 두 세계를 넘나드는 존재들이 바로 영체여행의 달인들입니다."

"그래서 우리 천록궁도 영성인들의 임무가 막중한 것이지. 남북통일을 이룩하고 이를 기반으로 강력한 동아시아의 연합을 이루어 평화를 정착시키는 데 전력을 다해야 하겠지." 한원이 마무리한다.

* * *

일본은 그동안 전쟁 가능국으로 전환하기 위하여 갖은 아양을 떨어 미국을 추종하며 전략을 구사해 왔다. 근래 중국과의 대립 관계에서 미국이 드디어 일본의 이용 가치를 제고(提高)하게 되었다. 이에 기가 살아난 일본이 한국을 무시하더니 끝내 중국과 러시아를 도발하게 된다. 중국은 대만을 합병하려고 미국과 대치하는 상황이었고, 일본은 러시아와 북방

해양에서 영토분쟁이 일어나는 상황이었다. 특히 러시아와의 대결 상황에서는 한국의 독도 문제도 덤으로 휩쓸어 가 버리겠다는 야욕이 숨겨져 있었다.

결국 러시아는 서쪽과 동쪽에서 동시에 전쟁을 치르다가 고립되어 경제가 몰락하여 쇠락하게 된다. 중국은 대만을 침공하다 일본과 미국의 견제에 타격을 입고 경제위기가 겹쳐 점차 몰락의 길로 접어든다. 이러한 와중에 은인자중하던 한반도에 통일의 기운이 넘치고 남북 연합의 국력은 날로 신장하고 있다. 미국도 심각한 경제위기를 겪는다. 여러 가지 요인으로 인한 금융위기가 발발하여 경상수지 적자가 초래되고 달러 가치가 하락하여 결국 국제금융자본이 이탈한다.

불행하게도 일본은 지진, 화산폭발, 해일로 인하여 국토 대부분이 침수하여 조그만 섬으로 전락한다. 일부 일본인들을 한국으로 이주시킨다. 옛 도래인의 후손들로서 원래 우리 민족인 이들은 그 혼을 잃지 않고 전통을 유지해 온 자들이다. 한국은 이들에게 주거지를 내어 주고 생업에 종사하게 한다. 중국은 국력 쇠퇴로 소수민족들이 이탈해 나가 남은 소국마저 남북으로 분단하게 된다.

앞으로 통일 한국은 고구려, 백제, 신라가 차지했던 대륙의 옛 강역을 회복하게 된다. 그래서 중국 영토의 북동부와 동단부를 종으로 차지하게 된다. 다시 중국과 한국의 경쟁이 시작된다. 결국 한국이 주도권을 쟁탈한다. 더 나아가 몽고와 연합국가를 이루는 계획을 추진하고, 연해주 지역을 개발하는 권리도 러시아로부터 양도받는다. 이에 통일 한국은 황백전환 시대에 오랫동안 주역을 담당한다. 홍익인간 제세이화의 이념을 간직한 사람들이 주도하기 때문이다. 한편 한국에 밀린 중국에서 다시 강력한 군주가 등장할 것이다. 이 독재자를 반드시 제압해야 한다. 이어 힘을 모아 훗날 외계의 침입자들과의 일전을 준비해야 한다. 지구는 끝없는 투쟁의 시장터다.

우주의 시계에서 지구는 동절기를 맞아 전 세계가 물불에 의해 파괴를 겪게 될 것이다. 통일 한국은 이 위기를 잘 모면할 것이다. 이것은 사람들의 영적 의식의 수준에 달려 있다. 인간의 부정적 욕망은 무한하다. 하지만 개인의 영적 성장은 주위와 나아가 사회 전체에 영향을 미친다. 우리 사회를 근본적으로 개선하기 위해서는 개인적으로 나아가 집단적으로 영적 성장을 이루는 것이 필요하다. 천록궁도가 제시하는 길이다.

천록궁 여행

산과 혜설은 서로의 지극한 사랑을 통하여 영적 합일체를 이루어 영혼계에 진입한다. 영혼계는 순수한 영적 우주의 첫 세계이며 영들의 본향이다. 이로써 그들은 마침내 원래 신이 내려보냈을 때의 순수한 영(Soul)의 경지를 회복한다. 다른 한편으로 둘은 각자 자신 안에서 완전한 자유를 누리며 영적 해방을 추구한다. 이어 그들은 스승 환의 안내로 영혼계 위의 영적 층위들에 올라가 진리를 탐구한다.[18]

영혼계는 광명 천지다. 이 층위의 빛은 너무나 밝아 모든 망상과 암흑을 사라지게 한다. 그 의식에 동조함으로써 무지와 불완전을 극복하여 영원한 휴식과 영구한 지복을 되찾게 된다. 이 거대한 세계를 빛나는 강물이 관통하여 흐른다. 도시의 건물들은 황금빛이며 들판은 은빛이며 온갖 꽃과 나무들은 보석으로 되어 있다. 그 아름다움은 이루 형언할 수 없다. 공원에서는 아이들, 어른들이 모두 환희에 차 놀며 거닐고 있다. 사방에서 들리는 풍적 소리는 너무나 매혹적이고 초월적이어서 지극하게 고양되어 신성한 빛에 이르도록 안내받는다.

이어 공원의 한가운데에서 영혼계의 영록궁주인 진남(眞南) 존자를 만나게 된다. 연꽃 위의 명상 자세인 연화좌로 앉아 있다. 다른 영적 단체들에서는 그를 삿남(Sat Nam)이라고 부르기도 한다. 민머리의 젊은 동양인의 얼굴이다. 진남 존자의 빛나는 몸은 신의 빛과 소리를 구현하는 정수다. 바로 신이 최초로 의인화한 존재이다. 그를 만나면 그의 속성을 공유하고 신의 지고한 실재와 하나가 된다.

"신이 그 신령으로 말하는 신성한 소리나 말씀을 내면의 귀로 듣고 더 수행하여 외면의 귀로도 들어라. 그러면 빛과 소리를 통하여 지고한 신이 보이고 들리리라."

산과 혜설은 다음 층위인 알락계로 올라간다. 스승 환의 안내가 없다면 둘의 여정은 제한을 받았을 것이다. 엷은 황금빛 안개가 온통 세상을 덮고 있다. 깊고 부드럽게 울리는 윙윙거리는 소리가 빛과 함께 경이로운 물결을 이룬다. 알락궁주인 알락 범마를 만난다. 영혼계 위의 군주들은 진남 존자처럼 몸으로 의인화하지 않는다. 혹 나타난다면 둥근 빛의 고리처럼 보일 뿐이다. 그래서 원광(圓光) 존자로 불리기도 한다. 진남 존자보다 더 빛나고 더 큰 힘을 갖고 있다.

"네가 진정으로 사랑해야 하는 것은 지고한 곳에서 권좌에 앉아 있는 신이 아니라 바로 너 자신인 영이다."

이어 환은 그들을 데리고 알락계 위의 아감계로 여행한다. 아래의 알락계보다 더 눈부시고 밝다. 하얗고 밝은 원자들이 비처럼 쏟아져 내린다. 수백만 마리의 벌떼들이 내는 것 같은 윙윙거리는 소리가 들린다. 세상은 공허하며 온통 빛과 소리밖에 없다. 저 멀리 신기루가 어렴풋이 보이더니 황금빛 나무 한 그루가 나타난다. 뿌리는 빛 속에 무한히 뻗어 내리고 꼭대기는 너무나 높아서 안개 빛에 가려져 있다. 천상의 신단수이다. 불멸하는 생명을 상징한다. 아감 범마는 형상 없는 존재다.

"신은 힘이며 힘은 신이다.

"힘이란 그 어떤 것에 대한 집착에도 의존하지 않는 것이다. 내면적으로 정적(靜寂)할수록 더 많은 힘을 얻는다."

마침내 일행은 영계의 정점인 천록계로 여행한다. 만물이 시작하여 다시 돌아가는 곳, 신의 본향이다. 둘은 드디어 천록궁에 거주하는 신을 만난다. 지고한 존재, 왕 중의 왕, 절대자, 지고한 창조주다. 너무나 거대하고 막대한 빛이어서 형언할 수 없다. 신은 천록계의 텅 빈 허공의 한가운데에 만물의 위에 놓여 있다.

"신은 사랑이다. 사랑은 신이다.

"절대적 진리란 무엇이냐? 그건 신의 감로수, 저 신성한 소리이니라. 이것만이 진리다. 그건 너의 자신 안에 있다. 너 자신 안에 모든 것이 들어 있다."

천록궁에서 돌아오는 귀환길에 환의 스승 왕성을 만난다. 환이 산과 혜설에게 그의 스승을 소개한다.

"이생에서 신을 찾지 못하면 사후에 찾을 수 있을 거라는 보장은 어디에 있는가?

"영적 해방은 신의 소리를 들음으로써 실현하게 된다. 소리는 실제로 죽기 전에 죽는 법을 알려 주고 업과 환상의 구속에서 해방해 준다.

"완전한 의식 속에서 신을 깨달을 때까지 신을 안다고 자랑하지 말아라."

산과 혜설은 스승 환을 따라 겪은 순수한 영계들에 대한 경험을 그들의 어휘로는 도무지 표현할 길이 없었다.

반야봉 단상

환과 개운조사가 반야봉 위에 서서 사방을 내려다보며 담소를 나누고 있다.

"우주는 신의 섭리에 따라 주기를 그리며 나아갑니다. 주기에 따라 우주의 춘하추동을 겪는 것입니다. 그러나 그 부정적인 결과들을 그대로 겪기보다는 인간이 주도하여 그 영향을 피하고 평화를 유지하는 상태를 즐길 수 있어야 할 것입니다. 이는 오로지 영적 수련을 통해서만 가능하겠지요." 환이 말한다.

"인간의 욕망은 결코 다스릴 수 없습니다. 반목과 불화를 거듭하는 그들의 어리석음은 어찌할 수 없어요." 개운이 응답한다.

"네, 자기 이웃을 죽이느라 너무 바빠 신을 찾을 겨를이 없어요."

"우리 한국인이 21세기의 남은 절반과 다음 세기도 잘 운영하여야 하겠습니다."

"훗날 외계인들이 지구에 침입할 텐데 대비를 잘해야 할 것입니다. 지구가 이들의 식민지가 된다면 그 고통을 어떻게 이겨 내야 할까요?"

"우주의 동절기를 평화를 유지하며 지연시킨다 해도 고작 10만 년 내지 20만 년이 아닐까요? 차라리 전쟁으로 이 유가를 일찍 끝내는 게 더 낫지 않을까요?"

"바다에서 태풍이 불어 닥치면 쌓인 오물을 제거하고 더러운 물을 정화해 주듯이 파괴가 꼭 나쁘기만 할까요?"

"작금의 정치, 사회적 대립, 갈등도 차라리 이런 식으로 해소하면 영혼의 정화가 더 빨리 이루어지지 않을까요?"

"인간에게 영적 의식이 주입되면 서로 접촉하는 자들의 열정을 자극하여 서로 싸우게 되고, 이로써 인간 조건의 거친 본성을 태워 영을 순수하게 하는 것이지요."

"그럼에도 대사님께서는 왜 그렇게 이세상에 노고를 아끼지 않으십니까?"

"무용한 것임을 알면서도 모르는 척 앞으로 나아가는 것이지요! 조사님도 그렇지 않으십니까?"

"부모가 어린 자식을 돌보며 노심초사하는 것이라 해 둡시다."

"증오, 질투, 악의로 가득 찬 자들이 서로에게 잔혹한 행위들을 저지르고 있습니다. 무식하고 무도한 자들입니다. 이런 자들이 어떻게 신을 만날 수 있겠습니까? 하지만 모두 저의 자식들이요, 조사님의 자식들입니다.

그들이 바로 저이고 조사님입니다. 제가 바로 그들이며 조사님이 바로 그들입니다."

"우리의 하늘님은 모든 것을 다 보고 계시겠죠. 허허허! 대사님은 어떻게 그 모든 일을 다 감당하고 계십니까?"

"그분께서 처음에는 저의 작은 문제를 조금씩 가져가셨지요. 그러면서 다른 한편으로는 점점 더 큰 걸 주셨어요. 제가 거절하면 저는 더 이상 발전할 수 없었지요. 그래서 이런 식으로 저의 책임을 늘려 가신 거예요. 그러다 보니 어느새 이렇게 우주 여행자가 되어 버린 겁니다, 허허허!"

반야봉 봉우리 위로 흰 구름이 몰려왔다가 지나간다.

"묘향암 주지 스님과 함께 차나 한잔 마십시다."

두 도인이 봉우리 정상에서 몸을 날려 묘향대가 있는 북쪽을 향한다. 옷자락을 나부끼며 유유하게 날아가는 모습이 마치 두 마리의 학이 훨훨 날아가는 것 같다.

동절기가 끝나고 하부세계가 끝나면 신은 여기에 남은 영들을 영록궁에 데려다 30억 년을 잠재운다. 이 시간은 천록궁에 거주하시는 하늘님의 한 호흡이며 그 들숨과 날숨은 우주의 낮과 밤에 해당한다. 신은 다시 새로 우주가 만들어지면 이 영들을 이세상에 내려보내 다시 천상의 왕국으로 가기 위한 진화를 시작하게 한다. 인간이 이세상을 헛되이 산다면 다음 기회를 기다려야 하는데 30억 년이라는 이 억겁의 세월을 어찌 상상이 나 할 수 있을까?

미주

1 그렉 브레이든, 『디바인 매트릭스』, 김시현 역, 굿모닝 미디어, 2012, 194쪽.

2 이것은 수피(Sufi)의 어구로서 다음과 같은 의미를 가진 것으로 알려져 있다. 신의 축복이 내리기를 기원한다(May the blessings be!).

3 아래의 세 문단의 내용은 다음의 책에서 참고함. Twitchell, Paul, The ECK-VIDYA: Ancient Science of Prophecy, Menlo Park, IWP Publishing, 1972, p. 163, 116(참고순).

4 신채호에 따르면, 이것은 신라 김유신이 좌평 임자(任子)와 요녀 금화(錦花)를 이용하여 이간한 것에 기인한다. 신채호, 『조선상고사』, 일신서적출판, 1998, 316-317쪽 참고.

5 전게서 신채호, 272쪽; 계연수 편저, 이기 교열, 이유립 현토, 안경전 역주, 『환단고기』, [태백일사], 〈고구려국본기〉, 상생출판, 2013, 477쪽. 이 책에는 또한 『환단고기』 위서론에 대한 반론이 제시되어 있다. 67-75쪽.

6 김용옥, 『우린 너무 몰랐다: 해방, 제주 4.3과 여순민중항쟁』, 통나무, 2019, 102-103쪽. 이 책의 1943년부터 1955년 사이의 '제주 4.3과 여순민중항쟁 연표' 395쪽도 참고.

7 이후 호남의 김대중이 충청의 김종필과 연합하여 잠깐 정권을 잡기는 했다. 여기에는 운 좋게 이인제가 제3의 대선 후보로 나선 변수에 힘입은 바가 있다. 그런데 김종필은 5.16 이후 박정희 정권의 핵심 인물이어서 충청은 사실상 오랫동안 영남과 연합의식을 공유해 왔다. 이후 그는 김대중 정권과 결별하고 정치적 우여곡절을 겪었는데 그의 정계 은퇴 이후 미약해진 충청권 세력은 결국 소위 보수라고 하는 영남 세력에 거의 합류하였다. 충청에 소위 진보라고 하는 민주계에 속하는 정치세력이 있기는 하나 이 지역의 정치적 결이나 민심은 대체로 호남과는 다르게 여겨진다.

8 이와 유사한 '광탄환'이라는 단어가 다음의 책에도 나옴. 베어드 T. 스폴딩, 『초인생활』, 정창영 역, 정신세계사, 1992, 447쪽. 그러나 그 광탄환이 핵무기를 무력화하는 것으로 소개되지는 않았다.

9 이 삼계에 관하여 아래의 책들을 참고함. Johnson, Julian, 1939, 1972. The Path of the Masters: The Science of Surat Shabd Yoga(8th ed.), Radha Soami Satsang Beas, (Punjab) India, pp. 257-259, 530-533; Twitchell, Paul, 1969. Eckankar-The Key to Secret Worlds, Illuminated Way Press; the Ubook version, scanned: September 11th 2003, pp. 114-117. 이 문단의 내용은 이 소설의 전편에도 언급됨. 이정휴, 『어떤 계획: 천록궁도의 비밀』, 페스트북, 2023, 72-73쪽.

10 아래의 성광계와 그 수도 사하슬련(Sahasra-dal-Kanwal)에 관하여 다음의 책들에서 소부분 참고함. 전게서 Johnson, Julian, 1939, 1972, p. 530, 533; 전게서 Twitchell, Paul, 1969, p. 117; Twitchell, Paul. 1967, 1988; The Tiger's Fang, 2nd ed., Illuminated Way Press, p. 7, 9.

11 세렛족(Seres)에 관하여 다음의 책을 참고함. 전게서 Twitchell, Paul, 1967, 1988, p. 12.

12 위구르 제국에 관하여 다음의 책들을 참고함(이 제국은 실제 역사적으로 10-12세기에 존재한 위구르 제국과는 무관함). L. Sprague de Camp, 1970, Lost Continents: The Atlantis Theme in History, Science, and Literature, New York, Dover Publications, Inc., p. 49; 상게서 베어드 T. 스폴딩, 정창영 역, 170쪽, 241쪽.

13 여기의 아사달(Ashta-dal-Kanwal)은 다음 책들에서 소개됨. 상게서 Johnson, Julian, 1939, 1972, p. 531; 상게서 Twitchell, Paul, 1967, 1988, p. 10.

14 상게서 Johnson, Julian, 1939, 1972, p. 537; 상게서 Twitchell, Paul, 1969, p. 126.

15 이 기술들은 빛과 소리를 접하기 위해 단순화하고 변용한 것임. 다양한 기술들에 관하여는 다음의 책 참고. 상게서 Twitchell, Paul. 1969, pp. 33-34. 아래 기술 2, 3의 핵심인 휴(Hu) 소리의 한 유래에 관하여 다음의 책 참고. 상게서 Johnson, Julian. 1939, 1972, pp. 488-493.

16 아래 대화에서 죽음 및 죽음 이후에 관하여 다음의 책을 소부분 참고함. 상게서 Johnson, Julian. 1939, 1972, pp. 257-259, 541-547; 상게서 Twitchell, Paul. 1969, pp. 125-126.

17 이러한 가능성에 관하여 다음 책을 참고함. Castaneda, Carlos, 1993. The Art of Dreaming, HarperCollins Publishers, p. 232.

18 이 장에 나오는 상부 영계들의 묘사는 다음의 책에서 소부분 참고함. 상게서 Twitchell, Paul, 1967, 1988, Chapters 5-12.

원대한 계획: 천록궁도의 비밀

초판 1쇄 발행 2024년 2월 16일

지은이 이정휴
펴낸이 이기봉
편집 좋은땅 편집팀
펴낸곳 도서출판 좋은땅
주소 서울특별시 마포구 양화로12길 26 지월드빌딩 (서교동 395-7)
전화 02)374-8616~7
팩스 02)374-8614
이메일 gworldbook@naver.com
홈페이지 www.g-world.co.kr

ISBN 979-11-388-2768-3 (03810)

- 가격은 뒤표지에 있습니다.

- 파본은 구입하신 서점에서 교환해 드립니다.